슬기로운 B급 며느리 생활

슬기로운 B급 며느리 생활

1판 1쇄 발행 2019. 8. 28.
1판 2쇄 발행 2019. 10. 26.

지은이 김진영

발행인 고세규
편집 김민경, 구예원 | 디자인 윤석진

발행처 김영사
등록 1979년 5월 17일(제406-2003-036호)
주소 경기도 파주시 문발로 197(문발동) 우편번호 10881
전화 마케팅부 031)955-3100, 편집부 031)955-3200 | 팩스 031)955-3111

값은 뒤표지에 있습니다.
ISBN 978-89-349-9864-8   03810

홈페이지 www.gimmyoung.com   블로그 blog.naver.com/gybook
페이스북 facebook.com/gybooks   이메일 bestbook@gimmyoung.com

좋은 독자가 좋은 책을 만듭니다.
김영사는 독자 여러분의 의견에 항상 귀 기울이고 있습니다.

이 도서의 국립중앙도서관 출판예정도서목록(CIP)은 서지정보유통지원시스템 홈페이지
(http://seoji.nl.go.kr)와 국가자료공동목록시스템(http://www.nl.go.kr/kolisnet)에서
이용하실 수 있습니다.(CIP제어번호 : CIP2019031997)

슬기로운

B급 며느리 생활

김진영 지음

김영사

"그래, 결심했어!"

어릴 적 인기를 끌었던 한 TV 프로그램에서 선택의 갈림길에서 고민하던 주인공이 양자택일의 선택지에서 어느 하나로 결심을 할 때 이렇게 외쳤다. 전혀 상반된 선택에도 불구하고 결국 같은 결과를 얻게 되거나 혹은 완전히 달라지는 인생의 결과를 보여주며 대중의 관심을 끌었다. 우리 인생에서 선택이란 것이 마침내 어떤 결과를 가져오는지 확인하며 어린 나이에도 인상 깊게 봤던 기억이 난다. 이렇듯 우리의 인생은 결국 다양한 선택의 결과물을 감당하고 살아가는 과정이라고 생각한다. 차이라면 우린 그 끝이 어떨지 전혀 알지 못하고 살아가는 것뿐. 선택의 국면에서 우리가 하는 결정은 제각각일지라도 고려하는 기준은 크게 다르지 않을 것이다.

'나의 선택이 삶을 더 나아지게 할까? 나는 이 선택으로 더 행복해질 수 있을까?'

결혼은 참 이상하다. 결혼에 대해서 이야기를 시작하면 기혼자이건 미혼자이건 입을 모아 불만을 터뜨린다. 나의 남편과 그의 식구들, 나의 아내와 그녀의 가족들, 아이들, 결혼은 무덤이고 최대한 늦게 하면 좋고, 비혼을 다짐하고. 그렇지만 또 많은 사람이 결혼을 하고 결혼생활을 영위한다.

"결혼하면 장님 3년, 벙어리 3년, 귀머거리 3년이란다."

요즘 이런 표현은 구닥다리가 되었건만, 어른들은 결혼 준비 중인 나에게 정말로 이런 충고들을 해댔다. 친구들은 이제 얌전한 옷 좀 사 입으라고 했고, 우리 엄마는 시도 때도 없이 노래를 흥얼거리며 몸을 흔들거리는 나에게 식장에 가는 아침까지도 제발 어른들 앞에서 그러지 말라고 신신당부했다. '성질 좀 죽이고', '고양이는 적어도 한 마리 정도는 어디 보내고', '결혼 전에 모았던 인형들을 신혼집에 가져간다고?', '요리랑 집안일은 좀 할 줄 아니?', '말투도 좀 어른스럽게 하고' 등등. 아는 사람이든 낯선 사람이든 결혼 후에는 내 인생이 무척 달라질 것이고 넌 좀 변해야 한다고 입을 모아 충고해주었다. 나로서는 이해할 수 없었다. 내가 알던 호빈과, 호빈이 알던 내가 결혼식을 올리는 과정에서 그도 나도 완전히 다른 사람이 될 필요가 있다는 걸까? 도대체 결혼이란 어떤 것이란 말인가?

각자가 보기에 못마땅한 내 모습을 콕 찍어 조언해준 것일 테지만, 결론을 내보면 '넌 이제 이전처럼 살면 안 된다'였다. 모두들 나에게 바뀔 것을 강요하면서도 나에게 양해 한마디 구하지 않았다. 내 삶의 동반자처럼 늘 함께해오던 것이었기에 한 귀로 흘려들었던 핀잔과 충고들이 결혼을 하고 나니 빈말이 아니었음을 깨닫게 됐다. 고양이를 두 마리나 키우고, 어른들을 좀처럼 어려워하지 않으며, 시댁 모임에 핑크색 프릴 드레스를 입고 나가 노래를 흥얼거리며 앉아 있다가 설거지는 '안 해도 된다'는 의례적 빈말에 "아 그래요?" 하며 냉큼 어른들 틈에 앉아 과일을 먹는 나 김진영은 결혼생활 부적격자였다.

나도 노력하지 않은 것은 아니다. 안부 전화도 드려보고, 시부모님께 편지도 써 보고, 수수하다고 하는 옷을 입어보기도 하고, 눈 딱 감고 열심히 모아온 내 '예쁜 쓰레기'들을 버려보기도 했다. 하지만 도대체 무엇이, 왜 변해야 하는지를 이해하지 못해서인지, 나의 변화는 그렇게 의미 없는 겉핥기만 반복됐다. 친정 엄마와 시어머니의 모습을 떠올려보면서 어떻게 변해볼까 궁리해보기도 했다. 그러나 그럴수록 나의 의문은 더 커졌다.

'나는 행복해지기 위해서 결혼했는데 왜 나를 지키지 못하고 살아야 하는 거지? 정작 나는 지금 행복하지 않은데 내가 무엇을 찾아내야 하는 거지? 결혼을 통한 행복이란 왜 그토록 꽁꽁 숨겨져 있는 걸까?'

나는 내심 한국의 표준 며느리상으로 살아오신 우리 시어머니가 그 답을 주기를 바랐다. 새해 달력을 받으면 설날과 추석이 언제인지 가장 먼저 확인하시고, 다음으로 남편과 아들들의 생일에 동그라미를 그리며 살아오신 어머니가, 나에게 본인이 살아온 인생을 물려주시려 한다면 어딘가 숨겨져 있는 그 삶의 의미도 같이 일러줄 수 있을 거라고 생각했다. 그러나 어느 날, 어머니는 자기가 지금껏 요구해온 며느리 노릇이란 것에 불만을 표하는 내게 이렇게 소리쳤다.

"나도 그렇게 살았어! 너도 감수해!"

나는 본인이 살아오신 과거의 삶을 '감수'라는 단어로 함축해 표현한 이 한마디를 듣고 다짐했다.

'나 며느리 안 할래….'

남편의 영화 〈B급 며느리〉에서 김진영의 모습은 많은 여성들로부터 찬사를 받기도 했지만 정작 나는 대단한 일을 했다고 생각하지 않는다. 나에겐 도탄에 빠진 여성들을 구하겠다는 대의명분도 없었으며, 요령 좋게 내 의사를 관철하지도 못하는 바람에 나의 난장판 싸움에 온 가족을 끌어들였으니 말이다. 그저 지극히 개인적인 동기로, 지극히 개인적인 싸움을 한 것에 불과했다. 말 그대로 짜증 나서 짜증 난다고 한 것뿐인데 일이 걷잡을 수 없게 되었달까.

나는 결혼을 앞둔 누군가를 앞에 두고 "결혼 절대 하지 마! 결혼은 여자의 무덤이야"라고 말할 생각은 없다. 과거의 소동에도 불구하고 나의 결혼생활과 그로 인해 맺어진 인연이 모두 만족스럽기 때문이다. 나는 선택을 했고 그 안에서 최대한 행복을 누리기 위해 노력해왔으며, 완벽하지는 않지만 나의 삶이 계속 나아지고 있다는 믿음을 가지고 살고 있다는 점이 시사하는 바가 있다고 생각한다.

영화를 본 관객의 후기 중 나를 가슴 아프게 하는 것들은 '저 여자는 똑똑하니까', '남편이 그래도 받아주니까'라고 쉽게 체념하는 종류의 것들이었다. 앞으로 읽어보면 알겠지만, 난 그렇게 똑똑한 사람도 아니고 요령 좋은 사람도 아니다. 호빈도 그렇게 뭐든지 받아주기만 하는 남편은 아니다. 내가 얼마나 배운 사람이든 어떤 사람과 결혼을 했든지 간에 '누군가의 아들'과 결혼한 여자가 사는 모습은 대동소이하다. 다만 나는 아플 때는 아프다고 목청 높여 소리치는 사람이고, 그렇게 하니 다들 내가 아프다고 하는 곳은 잘 건들지 않게 된 것이다.

이 책을 읽는 분들에게 나의 방식을 강권하고 싶지는 않다. 나 스스로도 다시 반복하고 싶지 않은 시간이었으니 말이다.

다만 더 나은 삶을 기대하며 결혼을 선택한 모든 여성들이 저마다의 방법으로 최선을 다해 행복하게 살기를 원한다. 스스로에게 '왜 나는 결혼했지?', '나의 인내가 나의 삶과 가족의 삶을 행복하게 하고 있나?'라는 의문을 제기해보기 바란다. 영화 속의 김진영을 보며 비혼을 다짐한 많은 미혼여성분들이 상사의 갑질을 이겨내며 직장생활을 하고, 비행기 추락의 위험을 무릅쓰고 여행을 가고, 숭숭 빠지는 고양이 털 때문에 생기는 알레르기에도 고양이를 반려하듯, 뻔히 보이는 교과서 같은 난관을 극복하고 행복하게 결혼생활을 하는 것도 인생의 선택지에서 배제하지 말았으면 좋겠다. 내가 'B급 며느리'가 되면서 나의 남편 호빈은 수많은 여성들로부터 무수한 원망과 비난을 들어야 했다. 그러나 호빈은 내 인생에서 뜻밖의 가능성을 열어준 사람이고 항상 나만의 인생을 살도록 응원해준 사람이다. 내가 글을 쓰는 내내 주말을 반납하고 홀로 천방지축 여덟 살배기 아들과 고군분투한 남편 호빈에게 무한한 사랑과 감사를 보내고 싶다.

집필 작업과 아들의 초등학교 입학이 겹치는 바람에 아이에게 많은 신경을 써주지 못했다. 내 인생을 사는 것이니 아이에게 미안해하지 말자고 다짐했지만 그래도 안타까운 마음은 어쩔 수 없었다. 뜻밖에 해준이는 "엄마 글 쓸 때 좋았어. 자꾸 밥 대신 김밥 먹는 건 별로였지만 난 키보드 두들기는 소리를 좋아하거든. 'ASMR'처럼 듣기 좋았어"라고 고백했다. 긍정적인 아들아, 너무 고맙고 싸랑한다!

몇 시간 동안 노트북 앞에 앉아 작업을 한 후 방문을 열고 거실로 나가면 항상 일상인 것들이 거기에 있다. 집이 조금 어질러지면 어떤가? 한쪽에서는 고양이가 평화로운 낮잠을 자고 있고, 거실 소파에서는 남편과 아이가 두런두런 이야기를 나누고 있으니 말이다. 나는 가족과의 치열한 투쟁으로 일궈낸 지금의 일상과 평화를 너무나 사랑한다. 몸에 전율이 올 지경이다.

온갖 역경을 이겨내고 서로의 사랑을 확인한 뒤, 애틋한 키스를 나누며 막을 내리는 할리우드 영화처럼 '그래서 결국은 다들 행복하게 살았습니다'라고 말할 수 있다면 삶이 얼마나 쉬울까? 애석하게도 현실의 결혼은 사랑과 행복의 완성이 아니다. 사랑을 지키려고 노력하지 않으면 그나마 있던 애정마저도 옴팡 갉아먹어 버리는 것이 결혼일 수 있다. 그 노력이란 것은 결국 커플이 서로의 모든 면면을 드러내고 받아들이는 과정인 것 같다. 관계란 그렇게 서로의 모난 것들을 끌어안는 과정이니 말이다. 지극히 개인적인 나의 경험담이 관계를 맺고 노력하며 사는 모든 이들에게 용기와 영감을 줄 수 있다면, 없는 글재주를 끌어 모아 더듬더듬 써 내려간 이 작업이 보람될 것이다. 부디 다들 일상의 평화와 행복의 맛을 누리시길!

김진영

어머니,
저를 전적으로
놓으셔야 합니다.

1장

어머니,
저를 전적으로
놓으셔야 합니다.

CALLING

"하나, 둘, 셋, 넷… 열셋!"

오랜만에 시댁에 놀러 갔다가 집으로 돌아가는 차 안에서 통화 목록을 가득 채운, 시어머니의 전화 횟수를 세어보았다. 시댁에서 이틀을 머물렀고 거의 내내 같이 있었는데도 시어머니는 그사이에 나에게 열세 통의 전화를 거셨다. 사실 대부분 한 공간에 있었기에 직접 대화로 해도 될 것들이었다. 손자 해준이가 지금 어떻다든지, 본인이 지금 무엇을 하고 계신지, 저녁에 이걸 먹을까 저걸 먹을까 따위의 내용이었다. 아마 오빠한테도 비슷한 횟수로 전화를 거셨을 것이다.

스마트폰이 현대인에게 얼마나 중요한 물건이든지 간에 나에게 스마트폰은 그런 물건이 아니다. 내 주변 사람들은 가족이든 친구든 나와 연락하는 것이 얼마나 힘든지를 두고 볼멘소리를 한다. 고시공부를 하던 몇 년 동안 낮에는 아예 전원을 끄거나 소리를 죽여놓고 일절 받지 않았고, 밤이 되어야 필요한 연락에만 답신을 했다. 그런 습관이 굳어져서 아직까지도 전화기를 가까이 두고 챙기는 버릇이 들지 않았다. 때로 이런 습관 때문에 제때 답신을 못 하는 무례가 생기기도 하지만 그런 때는 정중히 사과를 하면 되지 않는가! 제때 전화를 못 받아 중요한 기회를 놓치기도 하고 곤란한 문제를 일으키기도 하지만 그런 손해는 감수하는 편이다. 아직까지 전화를 못 받은 걸로 죽고 사는 문제를 겪어본 일은 없다. 나는 직접 얼굴을 맞대고 이야기하는 게 좋다. 애정 어린 마음은 편지로 전하는 것이 더 좋고. 전화기는 나에게 '원거리에 있는 자에게 필요한 용건을 전하고 타인과 나의 시간을 불필요하게 빼앗아서는 안 되는 물건', 딱 그만큼이다. 호빈이 전화 좀 받으라고 핀잔을 줄 때면 "오빠, 스마트폰이라는 건 기본적으로 소유자의 편의를 위한 물건이야. 전화 거는 상대방이 원할 때마다 즉각 대답하기 위해 가지고 있는 물건이 아니라고" 하면서 나만의 전화 철학으로 받아친다.

처음 데이트하기 시작할 때 호빈은 나의 이런 면을 매우 놀라워하고 사랑스러워했다. 내가 본인의 일상을 체크하지 않고 남자친구로서 매일 의무적으로 안부 전화할 필요가 없는 것이 너무 신났던가 보다. "진영이는 전화 잘 안 걸어! 진영이한테는 매일 밤 전화 안 해도 돼!" 이런 걸 여자친구 자랑이랍시고 하고 다녔다(놀라웠던 것은 부러워하는 친구도 있었다는 것이다). 나는 나대로 같은 문제로 서운함을 표하거나 나의 무관심을 지적하는 남자들에게 신물이 나 있던 터라 호빈의 반응이 무척이나 신선하고 고마웠다(와~ 억지로 남자친구의 전화를 받지 않아도 된다!). 우리 엄마나 내 친구들은 남자친구와 깨가 쏟아지는 통화가 도통 없는 나에게 "너네 별로 안 좋아하는 거 아냐?" 또는 "바람 피울까 봐 걱정되지 않아?" 하고 물어보는 경우가 종종 있었다. 그러나 호빈과 나는 간단한 전화로 약속을 잡으면 같이 있는 동안 정말 신나고 재미있게 놀았고 눈만 맞춰도 '이 자식, 아직도 나한테 빠졌구나!' 하고 느낄 수 있었다. 바람에 대해서는… 바람의 최고의 미덕은 들키지 않는 것이라고 생각한다. 물론 피우지 않는 것이 가장 미덕이겠지만 상대방이 작정

하고 숨기려고 한다면 내가 아무리 맘을 졸이고 애를 태워도 내가 어쩌지 못할 일이라고나 할까? 내가 전화를 아무리 한들 마법같이 남자친구가 '나 바람피웠단다'라고 일러줄 리 없으며 나 또한 무슨 낌새가 있더라도 눈치챌 눈썰미는 심각하게 없는 사람이다. 그러므로 존재하는(혹은 존재한다고 믿는) 관계 그 자체를 최대한 누리는 것이 최고의 관계라고 믿는다. 내가 호빈에 대해 조바심을 내지 않은 것, 호빈은 그대로의 나를 받아들인 것, 그것이 우리 관계의 핵심이었다고 생각한다.

처음으로 남자친구인 호빈이 성질 부리는 것을 본 날은 전화벨이 끊이지 않고 울리는 어느 겨울날이었다. 늘 싱글거리고 기분이 좋은 호빈이 그날은 잔뜩 예민해져 있었다(나중에 알고 보니 성질이 더러운 면이 있었지만 적어도 이때는 나에게 잘해주기만 할 때였다). 처음엔 자리를 피해서 받더니 나중엔 전화가 너무 자주 오니까 옆에서 그냥 받았는데 그 내용은 이러했다. 호빈의 어머니가 귤 택배를 받으라고 거는 전화였다. 택배야 집에 사람이 있으면 받고 부재중이면 기사분과 상의해서 집 앞에 놓을 수도, 어디에 맡길 수도 있는 것인데 전화기 건너편에서는 안달이 났다. 그 귤 택배를 '잘' 받아야 한다, 그걸 받아서 지도 교수님께 선물로 드려야 한다, 일부는 덜어서 너랑 동생이랑 먹어야 한다, 보관을 어떻게 해야 한다는 내용으로 도돌이표를 붙인 듯 반복하며 전화벨이 계속 울렸다. 붉으락푸르락 성질을 누르고 이를 악물며 전화를 받는 호빈과 태연하게 같은 내용의 당부를 마치 이번에 처음으로 하는 양 반복하는 호빈의 어머니 목소리를 들으며 이것이 불과 몇 년 후의 내 모습이 될 것이라는 걸 까맣게 모른 채, 나는 '오빠네 어머니 귀여우시네…' 하고 남의 일처럼 재미있어 했다.

"알았다고!! 알았다고!!!!"

호빈은 소리를 빽 지르고 전화를 끊은 다음, 전화기를 던져 버렸다.

시어머니의 전화는 결혼 준비를 하는 순간부터 나를 당황하게 만들었다. 거의 매일같이 수없이 걸려 왔는데 이미 결정된 내용을 다시 확인하거나, 여러 차례 이야기해서 결정한 사안을 홀랑 바꾸시려고 하거나 아니면, 다시 그냥 처음에 결정한 대로 하시기 위해서 시어머니는 줄기차게 전화를 해댔다. 그

용건에 고양이의 거취 문제가 포함된다는 것도 크게 거북했지만 정말 불편한 것은 과도하게 잦은 전화 그 자체였다. 어머니의 전화는 나의 중대 원칙 중 하나인 '타인의 시간을 뺏지 않을 것'을 심각하게 위반하고 있었다.

신혼여행을 다녀와서 본격적으로 결혼생활이 시작되자 문제는 더욱 심각해졌다. 시부모님은 거의 매주 우리 집에 오셨다. 서울에 이런저런 볼일이 있기도 했고 당시 호빈의 조부모님이 아프셨는데 우리 신혼집은 조부모님 댁과 15분 남짓 떨어진 가까운 거리에 있었다. 시어머니는 매번 서울에 갔을 때 같이 밥을 먹을까, 말까? 점심으로 할까, 저녁으로 할까? 메뉴는 뭘로 할까? 그날 2시에 도착할까, 3시에 도착할까? 그날 김치를 좀 갖다 줄까, 말까? 그리고 고양이는 빨리 친정에 보내라, 이런 용건으로 일주일 내내 전화를 하셨다. 이런 전화의 문제는 내가 어떤 의견을 제시하든지 이미 어머니 마음속에는 계획이 짜여 있기 때문에 통보 이상의 의미는 없다는 것이다 ('점심으로 하지요' 하면 '아니 저녁이 더 낫지 않니?' 하시고, '메뉴는 고기 어때요?' 하면 '아버님이 맛있는 복어집 아신대' 뭐 이런 식이다). 더 화가 나는 건 정작 전화로 어떤 결정을 내리든지 결국 당일에는 갑자기 아버님이 친구와 약속이 생기거나 차가 너무 밀려서 혹은 김치가 너무 쉬어서 같은 이유로 전화로 결정한 대로 진행되는 일은 거의 없다는 점이었다. 따라서 내 입장에서는 어머니와 주고받는 전화는 철저히 시간 낭비였다. 그리고 통화의 마무리로는 언제나 며느리가 생겼는데 자기 손으로 전화 한번 없다며 일주일에 적어도 두 번 정도는 안부전화를 걸라는 당부도 잊지 않으셨다.

3개월 정도 있다가 평균을 내보니 열심히 전화기를 외면해서 피한 전화가 꽤 많았음에도 나는 하루에 일곱 번 정도 시어머니와 통화를 하고 있었다! 그날 밤 나는 호빈에게 불평을 했다.

"오빠!! 어머니 전화 너무 많이 하셔!!
전화 때문에 짜증 나 죽겠다고!!"

나는 결혼 후 처음으로 남편에게 '시댁 욕'을 했다. 호빈은 그 자리에서 엄마에게 전화를 걸어 이렇게 말했다.

"엄마!! 진영이한테 전화 그만 좀 해!!"

"엄마!! 진영이한테 전화 그만 좀 해!!"

결과는 뻔했다. 어머니는 화가 나셨다.

어머니와 껄끄러운 기류가 생기고 출산예정일이 다가오면서 아이에 대한 어머니의 기대가 상승에 상승을 거듭하는 동시에 고양이에 대한 우려도 계속해서 커져갔다. 시어머니의 전화는 더욱 불편해졌다. 나는 좀 더 적극적으로 시어머니의 전화를 피하기 시작했다. 어머니는 호빈에게 전화해 내가 전화를 안 받는 문제를 추궁하셨고 호빈은 나에게 전화를 받으라고, 시부모님께 안부전화를 하라고 닦달하기 시작했다. 어머니는 내가 의논하기를 거부하거나 껄끄러워하는 의사를 표시해도 아랑곳하지 않으셨다. 타인과 의논하고 싶지 않은 나의 개인적인 문제나 남편과 상의하면 충분한 문제에 대해서도 지속적으로 자기 의견을 고집하셨고 그 방식도 집요했다. 자신의 어머니이고 본인도 이미 충분히 겪어봤기 때문에 이런 문제를 충분히 아는 호빈도 "그래도 일단 전화는 받아!" 하는 식이었다. 일단 받으라니! 어른과의 전화란 것이, 일단 받으면 내 맘대로 끊을 수도 없고 말하고 싶은 대로 떠들 자유도 없다는 사실을 모른단 말인가? 호빈은 나라는 사람이 전화를 대하는 태도를 무척 잘 알고 심지어 그런 나를 무척 사랑스럽게 여겨온 사람임에도 바로 그 점으로 인해 본인의 어머니와 문제

가 생기자 나를 '전화 잘 안 받는 이상한 애'로 비난하기 시작
했다. 그때 느낀 배신감은 호빈과 나의 관계에 큰 균열을 만들
기 시작했다.

해준이가 태어나고 6개월 정도 지난 어느 늦가을 아침의 일
이다. 그날 아침 일찍 시부모님이 서울에 오셔서 이웃 동네에
있는 시할머니 댁에 머물고 계셨다. 나는 일찍 일어나 해준이
가 밤새 먹은 우유병을 삶고 아기가 먹을 쌀죽을 준비하고 있
었다. 침대에서 자고 있던 호빈은 바쁜 나에게 자기가 할 일을
미루고 있엇다.

"야, 엄마한테 전화 좀 해."
"왜?"
"서울 오셨잖아."
"왜 오빠가 안 해? 난 바쁜데?"
"네가 해. 이런 건 네가 하는 거야."
"왜?"
이렇게 주거니 받거니 티격태격 서서히 언성이 높아졌다(끝
까지 '왜'라는 질문에 대한 대답은 못 들었다). 결국 전화는 호빈이 걸

었고 시부모님은 우리 집에 들르셨다. 내가 냉장고에 넣을 자리 없으니 절대 가지고 오지 마시라고 한 반찬과 식재료가 한가득이었다. 해준과 시부모님, 남편이 거실에서 도란거릴 동안 (호빈은 자기도 불편했다고 했지만 그래서 뭐 어쩌란 말인가?) 나는 부엌에서 내가 만들어놓은 반찬들을 버리고 냉장고에 자리를 만들었다. 어머니가 가지고 오신 반찬통을 테트리스 하듯이 끼워 맞추고 쌓아가며 짐을 정리하는 동안 울분이 치밀었다. 아무리 참아도 눈이 빨갛게 눈물이 차올랐다. 나는 냉장고 문 뒤에 서서 젖은 눈을 말리며 일부러 어렵게 쌓은 반찬통을 허물고 다시 끼우면서 거실로 합류하는 시간을 하염없이 늦추고 있었다. 한두 시간 후에 시부모님이 돌아가시고 내 기분을 풀어주려고 했는지 호빈이 해준이랑 산책을 나가자고 했다. 마지못해 나간 산책길에서, 우리는 아파트 옆 도로에 유모차를 가운데 두고 마주 서서 소리를 고래고래 지르며 싸워댔다.

불행히도 어디 들렀다 가시는 길인지 한참 전에 출발한 시아버지의 검은 승용차가 싸우고 있던 우리 옆을 슥 지나가는 게 흥분한 와중에도 보였다.

그날 밤, 시어머니로부터 전화가 왔다.

"얘, 너네 아까 왜 싸웠니?"

그저 잘 해주려고 한 것뿐인데

호빈은 완강히 부정하지만 나는 사실 예민한 사람이다(호빈은 내가 무척 둔한 사람이라고 한다. 너처럼 둔한 사람은 본 적도 없다고 항상 얘기한다). 게다가 냉정하면서 단순한 성격 탓에 어떤 식으로든 한번 상황 판단을 마치면 마치 로봇처럼 결정한 대로만 반응한다. 어떤 대상이 좋다, '삐릿' 하고 판단을 하면 웬만한 부정적인 사인에도 아랑곳하지 않고 호감을 발사하고, 반대로 비호감을 품어야겠다, '삐릿' 하고 판단을 내리면 나 스스로도 어쩔 수 없이 부정적 태도를 발사한다(그렇기 때문에 나 같은 사람은 마음에 든 떡볶이를 한 달 동안 점심으로 먹을 수도 있고, 양다리를 걸치다 들킨 남자친구를 10분 만에 눈물 한 방울 없이 떠나보낼 수도 있는 것이다). 특히 내가 보내는 부정적 사인은 특유의 직설적인 말버릇 때문인지 적수의 혼을 빼놓는다고 할까.

어릴 때부터 우리 아빠는 '상황 판단'의 중요성을 강조하셨는데 이게 얼마나 중요한 일이었던지 3초에 한 번씩 상황을 판단하라고 다그칠 정도였다. 아마도 아빠의 의도는 상황에 유연하고 신속하게 반응하라는 메시지였던 것 같은데 어리고 단순했던 내가 소화한 것은 상황에 재빨리, 무척 단호하게 대처하는 정도가 다였던 것 같다. 유연함은 사실 우리 아빠에게도 없었으니 나는 두말할 것도 없다. 영화 속의 김진영이 돈이 없어도 저금통을 깨며 신나하고, 한 치 앞도 안 보이는 불안한 생활에도 태연한 걸 보면서 어떤 관객은 '참으로 안일하다'고 할 정도로 나는 상황에 무한 긍정하는 경향이 있다. 그것은 아마도 이런 예민하고 로봇 같은 내 성격에 대한 방어기제가 아닌가 싶다. 어떤 일이 나에게 불행이라고 판단을 내리게 되면 나는 곧장 '불행한 여자의 전투 모드'로 돌변하게 되고, 전투란 것은 승부를 볼 때까지 끝나지 않는다.

어머니의 잦은 전화와 그를 통한 결혼생활에 대한 광범위한 관여는 나에게 큰 스트레스를 주었다. 전화벨 소리만 들어도 가슴이 두근두근거렸고, 전화기 화면에 시어머니라는 발신인이 뜬 것만 봐도 심장이 쾅쾅, 밖으로 튀어나올 지경이었다. 아침에 눈을 뜨면 오늘은 어디에 스마트폰을 방치해서 합당하게 전화를 받지 않아도 될까를 심각하게 고민하는 지경에 이르렀다.

가장 큰 문제는, 이것이 우리 가족 내부에 미치는 영향이었다. 연애시절 무싸움 경력을 자랑하던 호빈과 나는 하루가 멀다 하고 입씨름을 벌였고 어린 아기가 있는 상황, 경제적 궁핍과 더불어 나의 인생이 서서히 '불행한 여자'의 사인을 보내기 시작했다.

이런 상황이 나를 '전투 모드'로 전환시키는 와중에 그러니까 완전체가 되기 전, 1년여 동안 나는 복잡한 내적 갈등을 경험하고 있었다. 화가 나는 마음에도 시어머니의 의도는 어쨌든 본인이 평생 해오시던, 자식을 돌봐주고 싶은 마음에서 그저 '잘'해주고 싶은 마음으로 그랬다는 것을 알고 있기 때문이다. 아마 그런 비슷한 마음에 며느리도 돌봐주겠다는 의도만큼은 나도 알 수 있었다. 내가 어떤 방식으로 현재 상황의 부당함을 피력한들 '우린 그저 너희들 잘해주려고 그런 것뿐인데…'라는 대답이 돌아올 것이 뻔했고 나는 곧장 배은망덕한 며느리가 되어 '너도 자식 더 키워봐라', '너도 이담에 나이 먹어보면 알 거다' 심지어 '너도 네 자식한테 당해봐야 알지' 같은 익숙한 레퍼토리에 고개를 푹 숙이고 말 것이었다.

돌이켜 생각해보면 그 당시에 나를 망설이게 한 것은 '어차피 안 바뀔 거야, 그냥 버릇없다는 소리 한번 듣고 끝날 것을 뭐 하러 문제를 만들겠나' 하는 체념에서가 아니었다. 처음에는 '상대의 호의에 감사로 답해야 한다, 어른에게 말대꾸하면 안 된다'라는 몸에 배인 예의 차원이었다면 '전투 모드' 사인이 들어온 후부터는 솔직히 이왕 시작한 싸움을 이기고 싶었다.

시어머니와의 직접적인 충돌이 시작되기 전에 이미 호빈과 치르던 전초전에서 호빈은 역시나 나에게 '그래도 어른인데…'를 시전했고 나는 그때부터 누구도 탈출하지 못할 '논리의 거미줄'을 짜기 시작했다. 호빈은 스스로를 나에 비해 현실적이고 합리적인 사람이라고 생각하는 경향이 있었다. 나는 '아무리 그래도 어른한테 어떻게…'라고 꼰대 같은 소리를 하는 남편과의 1차전에서 먼저 승리할 필요가 있었다. 자신을 합리적이라고 생각하는 사람에게는 합리로 응수하는 게 제일 잘 먹히니까 말이다.

　호빈이나 나나 우리는 비슷한 환경에서 성장했다. 경제적인 부분을 감당하는 아버지와 자식을 헌신적으로 돌보는 어머니가 있는 가정. 우리는 부모님의 당연한 보호와 보살핌 속에서 대부분의 생활에서 별 어려움 없이 성장했다. 호빈으로 말하자면 하나부터 열까지 모든 것을 돌봐주시는 어머니가 계셨다. 호빈 스스로는 아주 편하게 살아왔을 테지만 결혼해서 같이 사는 입장에서는 그의 주변 관리 능력의 부재가 정말 놀라울 정도였다. 호빈이 머무는 공간은 언제나 혼돈과 혼란의 도가니였다(지금도 그렇다). 겉옷과 속옷, 먹다 남은 음식, 담뱃갑, 쓰레기, 종이들과 책들이 한데 얽혀 누가 봐도 자기 손으로 공간 관리를 해본 적이 없다는 것이 뻔히 보였다. 달걀 프라이나 라면 말고는 할 줄 아는 요리도 없다. 더 놀라운 것은 호빈은 스무 살 때부터 지방에 사시는 부모님을 떠나 서울에서 혼자 자취 생활을 한 사람이라는 것이다. 그 시간 동안 호빈의 공간과 생활을 관리한 것은 바로 그의 어머니일 것이다.

나로 말할 것 같으면 우리 부모님은 나에게 아낌없는 경제적 지원을 해주셨다. 심지어 그 시간에 공부하라고 아르바이트는 금지였다. 내가 이른바 '공부'라는 걸 하는 동안 엄마는 나를 그야말로 공주처럼 돌봐주었다. 나는 멋진 원룸에서 아르바이트도 하지 않고 넉넉한 용돈을 쓰며 편안한 대학생활을 했고 돈에 대한 감각이나 현실 감각이 없어도 문제가 되지 않을 만큼 편히 살았다. 호빈과 나는 둘 다 부모님의 보살핌 아래서 별 걱정 없이 안락한 삶을 누려왔지만, 한편으로는 그렇게 부모님이 해주신 것들에 기대어 편히 살다 보니 우리의 어떤 중요한 부분이 성숙하지 못했다는 것을 인정할 수밖에 없었다. 결혼한 후 겪는 경제적 어려움과 아이를 키우면서 다른 존재를 책임지게 된 부담감을 극복하는 것, 우리 스스로 인생을 책임지고 살아가는 것 등 모든 것이 나에게는 반드시 학습하고 극복해야 할 과제였고 일찌감치 우리를 혼자 서게 해주지 못한 부모님들이 이제라도 우리가 어른이 되는 것을 지켜봐 주었으면 했다.

　우리 집 같은 경우는 나의 갑작스러운 '추락'에 큰 충격을 받아서인지 의외로 내 결혼생활에 대해서 쉽게 물러나 주셨다.

엄마는 결혼하기 전날 나를 앉혀놓고, "이 결혼은 너의 선택이야. 앞으로 그 안에서 벌어지는 어려운 일, 힘든 일 들은 다 네가 짊어지고 극복해라. 집에 찾아와서 하소연할 것도 없어. 나는 하지 말라고 한 결혼이니 그런 소리 들으면 속만 더 상하니까" 하고 딱 잘라 말씀하셨다(눈물이 핑 돌게 냉정한 말이었지만 나는 엄마의 결단이 두고두고 고마웠다).

호빈의 집은 반대였다. 아들네 부부가 둘 다 경제력도 대책도 없이 결혼했으니 본인들이 최대한 도와주고 자리 잡게 해준 다음, 아들네 식구랑 '하하호호' 하면서 사는 게 간절한 바람이신 듯했다. 그러나 나는 요리도 육아도 다 알아서 하겠다면서 시부모님의 도움을 거절했다. 시어머니가 해주시는 반찬을 거절하고, 해준이를 키워주시겠다는 제안을 거절할 때마다 시부모님의 서운함과 도통 순종할 줄 모르는 며느리에 대한 분노는 커져갔다. 열심히 공부해서 우는소리도 하지 않고 혼자 아이도 돌보며 요리도 이래저래 알아서 해 먹는 나를, 오히려 칭찬이 아닌 못마땅함으로 대하는 시부모님이 의아했다.

실상을 말하자면 그 당시의 우리는 아무리 노력해도 호빈의 수입으로 아이를 키우면서 살기에 턱없이 부족한 상황이었고 부모님들의 경제적 원조가 끊임없이 필요한 형편이었다. 앞에서는 알아서 하겠다면서 뒤로는 용돈을 받아 생활하고 있었으니 시부모님 눈에는 참으로 기가 찬 상황이었을 수도 있겠다. 그러나 나는 경제적 원조를 받는 대가로서 나의 결혼생활과 아이를 시부모님과 공유하는 게 당연한 일이라고 생각하지 않았다. 우리가 받은 경제적 도움이 앞으로 평생 감사드리고 갚아나가야 할 몫인 것과는 별개로, 시부모님이 아들의 삶에 개입하고 싶은 만큼 하도록 두는 것은 내 입장에서는 그저 '치사한 거래'였다.

어른이 되지 못한 자식은 부모의 등골을 빼먹고 산다. 또 어른이 되지 못한 부모는 자식의 등골을 빼먹고 산다. 가족과 공동체가 너무나 중요하고 소중한 한국 사회에서는 가족이 평생 부대끼면서 사는 것이 중요한 나머지 서로가 어른이 되지 못한 채 각자의 인생을 존중하는 법을 배우지 못하고 살아왔는지도 모르겠다. 우리는 부모님의 사랑이 무조건적인 헌신이라고 여긴다. 그 때문에 의문을 제기할 수도, 거절할 수도 없다고 한다. 그러나 내가 겪어본 사랑이란 것은, 헌신일 수는 있어도 무조건적인 것은 아니었다. 그것은 연인관계에서뿐만이 아니라 부모님과의 관계에서도 마찬가지였다. 나는 부모님이 나를 사랑한다는 것을 알지만 그 사랑 속에서도 우리가 살면서 겪는 모든 감정과 문제들이 충돌했고, 무엇보다 '서운함'이라는 감정이 존재했다. 서운함이란 내가 소모한 감정이 얼마나 보상받는지를 가늠하는 척도이고, 이것은 관계의 균형을 맞추어나가는 중요한 감정이다. 사랑이라는 감정은 근본적으로 서로 간의 교류다. 대상이 있고 그와 교감할 때 완성되는 것이지 일방적으로 보내는 감정의 홍수는 '빠심'에 가까운 것이다. '빠심'이 지나쳐 감정의 대가를 강압하는 상태는 '스토킹'이라고 부르고, 심지어 스토킹은 범죄다.

　처음 시어머니의 관심이 버겁다고 느껴지기 시작했을 때 호빈에게 어머니께 강아지 한 마리 사 드리자고 졸랐다. 내가 보기에 손자와 아들의 결혼생활에 대한 어머니의 관심은 거의 습관적이고 강박적인 것으로 보였고, 그 관심을 강아지에게라도 돌릴 수 있다면 좀 나아지지 않을까 싶어서였다. 호빈과 나는 중대한 기로에 서 있었다. 지금 어른이 되지 않으면 우리는 평생 부모님과 해준이의 '등골을 빼먹으며' 사는 존재가 될 것이었다. 어머니가 그토록 사랑하는 손자를 위해서라도 한발 물러나실 때라는 것이 나의 '논리의 거미줄' 한 가닥을 차지했다. 호빈에게는 자신이 사랑한 김진영이 스스로 납득하지 못하는 현실에 자신을 끼워 맞추며 사는 사람이 아니라는 사실을, 우리 둘 다 한 때는 그런 모습을 완벽하게 이해하고 있었다는 사실을 알려주는 것이 나머지 거미줄을 완성했다.

때때로 시어머니와 내가 겪은 과거의 일을 생각해보면(불필요한 가정이긴 하지만) 시어머니가 내가 아닌 다른 누군가를 며느리로 맞았다면, 그렇게 원하던 손자를 직접 돌보면서 맛있는 음식도 해 먹이며 감사도 받고, 행복하게 사셨을지도 모르겠다는 생각이 들기도 한다. 나도 그때 그렇게 시어머니식의 '선의'를 몰아붙이지 않았더라면 어땠을까 싶기도 한다. 하지만 우리가 불일치했던 여러 가지 지점에서 내가 제시한 방향이 항상 옳았다고 생각하는 한 가지는, 우리의 결혼은 시부모님의 가족을 확장한 것이 아니라 하나의 새로운 가족을 탄생시켰다는 점이다. 새로 탄생한 가족은 부부의 의사와 합의를 거쳐 그들만의 규칙과 문화를 만들면서 존재해야 하고 어떤 외

부환경으로부터도 일단 존중받아야 한다는 점, 그것만큼은 내가 옳았다고 확신한다.

어른들의 표현방법

어느 봄날, 호빈이 메신저로 사진을 한 장 보내왔다. 바위와 그 틈에 핀 핑크빛 꽃무더기가 찍힌 사진이었다. 나는 사진을 한참 들여다보며 남편의 뜻을 헤아리려고 애썼다. '이게 뭐지? 혹시 바위틈에(내가 끔찍하게도 무서워하는!) 쥐 녀석이라도 숨어 있나?' 궁금했던 나는 결국 그날 밤 집에 온 호빈에게 물었다.

"오빠 이 사진 왜 보낸 거야?"

호빈은 한심하다는 듯이 나를 쳐다봤다.

"예쁘니까."

그제서야 나는 "오~ 예쁘네!" 하고 사진을 들여다보았다.

"오빠, 날 몰라? 난 이런 식으로 사진만 보내면 못 알아들어… 후후훗."

나는 모호한 표현에 대한 이해가 무척 떨어지는 사람이다. 나 스스로가 좋은 것, 싫은 것, 원하는 것, 원하지 않는 것에 대해 직설적으로 표현하는 사람이어서인지 타인의 메시지도 같은 방식으로만 받아들이는 것 같다. 누군가가 나에 대한 호감이나 비호감을 애매하고 은밀하게 표현한다면 난 그냥은 못 알아듣는다. 호빈이 해준이를 봐야 하는 날 "진영아, 나 어제 밤새워서 일했어"라고 말하면 '밤을 새웠구나. 그랬구나'까지다. 그날 해준이를 나에게 맡기려면 "그러니까 오늘은 네가 나 대신 해준이 좀 봐줘. 내일은 내가 할게"까지 분명하게 말해야 메시지가 접수되는 것이다.

"진영아, 칼국수 먹을래?"
"싫어요."
"언니, 나랑 립스틱 사러 갈래?"
"싫어."
내가 솔직하게 거부 의사를 보일 때마다 주변 사람들은 때로는 놀라움을, 때로는 불편함을, 심지어는 분통을 터뜨리기도 한다. "야! 좀 돌려서 말하면 안 되냐?" 또는 "아악! 싫어 소리 좀 그만해!" 굳이 내 변명을 하자면, 난 싫은 걸 어떻게 돌려서 말해야 할지 모르겠다. 어차피 생각 좀 해보겠다고 시간을 끌어봤자 언젠가는 내가 칼국수를 먹기 싫다는 표현을 할 시점이 오고 말 것이고, 만약 '잘 모르겠네요? 그럴까 말까?'와 같은 애매한 대답을 해서 칼국수를 먹으러 가면, 먹기 싫은 것을 억지로 먹다가 결국 먹기 싫은 티를 내서 상대방이 곤혹스러하는 상황이 벌어질 뿐이다. 너무 복잡하다. 대체 왜 에둘러서 표현하는 것이 마치 미덕이라는 듯한 태도가 생겼는지 모르겠다. 사실 이런 의사 표시의 문제는 내 또래의 사람들과는 크게 문제가 되지 않는다. 우리 세대에서는 나 같은 사람이 크게 별종으로 취급되지 않는다. 조금 자기주장이 강한 편이라고 여겨질 뿐이다. 때로 직설로 생긴 어색한 상황은 유머 감각으로 퉁 칠 수 있을 정도다.

하지만 '어른들'의 의사 표시는 애매하고, 모호하고, 알쏭달쏭의 끝판왕이다. 그럼에도 그들의 의사 표시를 이해하지 못했을 때 찍히는 낙인은 가혹하다. '버릇없고 눈치 없는 애.' 우리 부모님과의 문제야 가끔 부딪히거나 오랜 세월 서로 익숙해진 탓에 대충 알아 넘길 수 있는 경지에 올랐다고 하지만, 결혼 후에 시어른들의 방식에 적응하는 것은 나에게 무척이나 곤혹스러운 일이었다. 때로는 고약한 함정에 빠진 듯한 기분이 들어 분노가 치밀 정도였다.

자, 여기까지 읽고 '이 여자가 다소 눈치 없는 캐릭터인가 보다'라고 생각한 독자 여러분을 알쏭달쏭한 속마음의 세계로 초대한다. 읽어보고 한번 판단해보시라!

사례1   며느리 B는 출산을 하고 한 달 만에 시댁으로 산후조리를 하러 갔다. 물론 주변에서 시댁에서 산후조리하는 것을 만류했지만 시부모님의 강력한 권유로 가게 되었다. 시어머니는 산후조리 중에는 손에 찬물을 묻히면 안 된다고 여러 차례 강조하시며, 설거지 같은 건 절대 하지 말라고 하셨다. 어느 날, 며느리가 시어머니가 외출하신 중에 설거지를 해놓았더니 "하지 말라니까~ 너희 친정엄마가 알면 뭐라고 하시겠니!"라며 나무라서 며느리 B는 이후엔 설거지를 하지 않았다. 집으로 돌아갈 날을 하루이틀 남겨두고 서울에 있는 남편에게서 전화가 왔다.

"B야, 설거지 같은 건 좀 눈치껏 하고 그래. 엄마가 뭐라 하시잖아." 쫘과과광! 며느리 B의 머릿속에서 천둥이 치는 기분이었다.

사례 2   변변찮은 형편의 B 부부. 매달 빠듯한 돈으로 살아가고 있음을 알기에 한 번씩 지방에 사시는 부모님을 뵈러 가면 부모님은 차비를 챙겨 주신다. 명절이 다가오자 시어머니가 전화로 "애, 너네 올 때 뭐 사 오지 마. 아버님 선물도 많이 들어오고 어차피 너네 갈 때 다 나눠 싸 갈 것 천지니까 너네까지 뭐 사 올 필요 없어. 뭐 사 오지 말고 그냥 와라"라고 하시기에 빈손으로 시부모님 댁에 갔다. 도착해서 빈손으로 현관에 들어오는 B 부부를 보시고 시어머니는 "아니, 아무리 그래도 빈손으로 오면 어떡하니? 가서 음료수라도 한 박스 사 와라"라고 하셔서 B 부부는 급하게 동네 마트에 가서 비타민 음료를 한 박스 사 들고 갔다. 며느리 B는 이런 일을 수없이 겪은 터라 의외로 의연했다. 다만 '왜 저런 방식으로 의사 표시를 하는 걸까? 혹시 나를 테스트해보는 게 아닐까?' 하는 의심을 가질 뿐이었다. 반면에 아들 B는 성질이 난 것 같아 보였다.

사례 3   남편 B의 집안에서는 명절 아침이면 반드시 남자들이 모여서 성묘를 다녀온 후에 온 식구가 같이 할머니 댁에 모여 점심식사를 하는 것이 명절 의식이다. 명절 아침, 남편 B는 출발하기로 한 약속 시간보다 조금 늦을 것 같아 미리 아버지에게 약간 늦을 것 같다고 전화를 드렸고 아버지는 그럼 그냥 오지 말라고 하셨다. 남편 B는 여유 있게 준비하고 식사시간에 맞춰서 할머니 댁으로 갔다. 어른들은 오지 말라고 했다고 진짜로 안 오면 어떡하냐며 남편 B를 나무랐다. 남편 B는 평소 어른들 말귀를 찰떡같이 못 알아듣는 며느리 B를 놀려왔던 터라 이 모습을 지켜본 며느리 B는 왠지 속으로 통쾌한 마음을 누를 수 없었다.

사실 이 모든 사례는 우리 부부가 직접 경험한 일이다(그것도 지극히 일부분이다). 가장 먼저 겪은 인상적인 사건은 사례 1의 설거지 사건이었다. 나는 말 그대로 머릿속에서 천둥이 치는 기분이었다. 어떻게 원하는 것과 정반대의 표현을 한 후에, 상대방이 정확히 알아들을 것을 기대할 수가 있지? 남편은 내가 의문을 제기할 때마다 당연하다는 듯이 말했다.

"어른들은 원래 그렇게 말해. 몰랐어? 난 거의 다 알아듣는데. 네가 좀 유별난 거야"라고 하며 오히려 나의 오해를 나무랐다. 나로서는 납득하기 힘든 일이었지만 주변에 물어보니 다들 "몰랐어?" 이런 반응이었다. 어떤 지인은 본인의 어머니께서 '이번 추석엔 차가 엄청 밀린다더라… 힘드니까 절대 오지 마! 올 필요 없어!'라고 미리 연락을 주시면 '아! 이번엔 꼭 가야 하는 구나' 생각한단다. 심지어 한번은 가족 문제를 상담하는 유명한 정신과 의사 선생님을 만날 기회가 있어 이 문제를 물어보니 단호하게 "그건 어쩔 수 없습니다. 알아서 이해하셔야 해요"라고 잘라 말했다고 한다.

신혼 때는 시어머니의 의사 표시 방식이 나에게 무척 공격적으로 다가왔다. 상대방이 이해하기 힘든 메시지를 던져주고는 예의없는 아이로 낙인찍는 것이 나에게 너무 부당한 일이었다. 직접 시어머니에게 "왜 그런 식으로 말씀하시는 거예요?" 하고 묻는 것은 소용이 없다. 매번 돌아오는 답은 같았다. "내가 언제? 난 그런 적 없어"였다. 이 문제로 남편과 투닥거릴 때마다 우리는 같은 공방을 반복했다. "대부분의 사람이 그런 식으로 에둘러서 표현하는 게 더 일반적이야! 그리고 대부분의 사람들은 그런 식으로 표현하면 대충 알아듣는다고."

"근데 못 알아들으면? 부정확한 표현이 잖아?! 부정확한 정도가 아니라 완전 반 대로 말하잖아! 이번에도 봐 봐! 나는 못 알아들었다고."

"그건 네가 별나서 그런 거지."

항상 내가 별나서 벌어지는 문제라는 결론이었다. 하지만 나에게 이런 대화의 문제점은 명확했다. **'부정확한 의사 표시의 책임은 누가 져야 하는가?'**의 문제였다. 우리가 느끼는 속마음 을 항상 직설적으로 표현할 수는 없다. 특히 거절이나 부정 표 현같이 상대방에게 부담을 주는 의사 표시의 경우에는 더욱 그렇다. 그럴 경우에 표현을 완화하거나 에둘러서 표현할 수 있지만 그 모호함이 지나쳐 의미를 해독하는 부담이 온전히 상대에게 넘어가버릴 정도라면 '저 사람 정말 눈치 없네…' 하 고 오해의 책임을 상대방에게 덮어씌우는 것이 오히려 더 큰 무례일 수 있다. 당연하지 않은가? 어른들의 의사표현은 단순 히 부정 표현이나 거부에 국한되는 것도 아니다. 거의 모든 대 화의 속내와 암시를 헤아려야 하기에 외국어를 들을 때처럼 곱씹어야 하고 오역이 부지기수다.

"원래 그래!"

어른들과의 문제를 다루다 보면 후렴구처럼 반복되는 이 말. 어른들의 알쏭달쏭 이해하기 힘든 방식을 '원래 그래'라는 말로 퉁 치기에는 요즘 젊은 사람들이 버릇이 없고 위아래가 없다는 말을 입에 달고 사는 사람들조차도 '젊은 애들은 원래 그래'라는 방식으로 이해해주지 않기에, 나는 나에게 닥치는 어떠한 상황도 원래 그렇다는 무논리로 어물쩍 넘기지 않겠다고 다짐했다. 나는 남편과 아내, 시부모님과 며느리, 부모와 자식, 친구와 나 등 모든 관계가 서로를 존중하고 이해하는 방식으로 소통할 수 있다고 생각한다. 어떤 관계가, 어느 일방이 정한 룰에 의해서만 규정될 수 있다면 그것은 우리 사회가 그렇게도 혐오하는 갑을 관계에 불과할 것이기 때문이다.

아무리 남편과 투닥거려도 알 수 없는 답을 엄마에게 구해보았다. 엄마의 말에 따르면 너무 당연한 것들이기 때문에 그렇게 정반대로도 말할 수 있는 것이란다. 시부모님 집에 가는데 며느리가 빈손으로 방문하고, 설거지도 안 하는 것은 엄마 세대의 어른들에게는 상상도 못 할 일이고 당연히 해야 할 일이기 때문에 오히려 강조하는 의미에서 정반대로 말할 수 있다는 것이다.

"그래도 그렇게 속마음이랑 완전히 정반대로 말하면 못 알아들을 수도 있잖아? 너무 위험 부담이 큰 방식 아니야?" 하고 물으니 어른들은 그렇게 원하는 것을 직접 말하는 것을 민망해하고 쑥스러워한다고 하셨다.

예전에도 앞으로도 내가 절대 납득할 방식은 아니지만 엄마의 말을 들으니 시어머니의 의사 표현이 아주, 아주 조금은 이해가 가는 부분이 있었다.

필요와 명확성을 최선으로 의사 표시를 하는 나 김진영과 은근한 암시와 에둘림, 거기다 직접 원하는 바를 밝히는 걸 쑥스러워하는 우리 시어머니. 참으로 세대 차이가 나고 다른 삶의 태도를 가진 사람들 중에서도 양극단에 있는 사람들이 만나버린 것 같다.

며느리는 손님입니다

우리 집에 TV가 있던 어린 시절(우리 집 TV는 내가 초등학교를 졸업할 무렵에 아빠가 바보상자라며 없애버리셨다) 엄마와 같이 앉아서 드라마를 보다가 나는 충격적인 장면을 접했다. 1900년대 초기가 배경이었는데, 시댁에 무슨 잘못을 했든가 트집을 잡혔든가 하여 쫓겨난 며느리가 울면서 친정으로 돌아갔는데 친정에서도 받아주지 않은 것이다! 친정어머니는 대문 뒤에서 눈물을 꺼이꺼이 삼키면서도 결국 딸에게 문을 열어주지 않고 '너는 이제 시댁 사람'이라며 돌려보냈다. 엄마는 내 옆에서 눈물, 콧물을 쏟아내며 슬프게 우셨다. 혼란스러웠다. 며느리를 쫓

아낸 시어머니와 끝내 받아주지 않는 친정엄마 중에 누가 더 고약한 사람인지 모를 일이었다. 나는 옆에서 흐느끼는 엄마에게 물어보았다.

"엄마, 내가 결혼하면 엄마랑 나는 더 이상 가족이 아니야?"

엄마가 뭐라고 대답했는지 자세히는 기억나지 않는다. 뭔가 체념적인 대답이었던 것 같다. 하나 기억에 남는 말은, 엄마가 여자의 삶을 '조롱박 팔자'라고 말했다는 것이다. 여자의 삶은 조롱바가지 같아서 바가지 안에 무엇을 떠 담느냐에 따라서 바가지의 급이 달라진다는 것. 그만큼 여성의 삶이 수동적이라는 이야기일 것이다. 결혼은 여성에게 무엇일까? 어떤 화학적 작용이 일어나서 결혼과 동시에 여성이 다른 피를 가진 사람들과 가족이 되고 원가족을 멀리해야 함을 강요받을 수 있는 것일까? 결혼을 하고 나니 나는 이 문제가 본격적으로 궁금해졌다. 며느리라는 사람은 '시월드'란 곳에서 어떤 존재인가? 가족인가? 남인가?

신혼여행에서 돌아와 시부모님께 인사를 드리러 갔을 때,

시부모님은 나에게 이렇게 말씀하셨다. "진영아, 이제 너는 우리 딸이란다. 앞으로 너도 우리를 부모라고 생각해라." 너무 다정한 말씀에 한편으로는 낯이 간지럽기도 했지만 너무 감동적인 말씀이었다. 부모란 어떤 존재인가? 한없이 나를 사랑하고 보살펴준 존재가 아닌가? 그런 분들이 원래 두 분 있었는데 또 두 분이 더 생긴다니 나로서는 무척 안심되는 일이었다. 나는 속으로 내가 무척 행운아라고 생각했다. 시부모님을 얼마나 조심스럽게 대해야 하고 시부모님과의 관계가 무척 까다롭다고 경고를 주는 이들이 주변에 많았기에, 부모님처럼 대해도 된다는 말씀에 '아! 그거 별것 아니네!' 하면서 마음을 놓은 것이다. 하지만 나의 결혼생활은 하루하루가 내가 절대 그분들의 딸이 될 수 없다는 것을 깨닫는 과정이었다. 그 반대도 마찬가지였다. 시부모님이 나에게 부모님은 될 수 없었다.

오랜만에 엄마에게서 전화가 걸려온다면 "뭐 하고 지내니? 왜 그렇게 바빠? 전화 한 통도 없고….."라는 엄마의 말에 "엄마, 미안. 내가 정신없이 바빴어. 해준이가 아팠거든. 힘들어 죽겠네!" 하고 대답해도 "그랬니? 애 키우는 거 힘들지?" 하고 말 일이다.

그러나 시부모님에게서 "아니, 너는 연락 한 통 없니?" 하고 걸려오는 전화는 "제가 좀 바빴어요"라는 말로는 넘어가지질 않는다. '아무리 바빠도 어른들한테 안부전화 한번 안 하니' 등의 꾸중 정도는 들을 것을 각오해야 한다. '애, 그사이에 아버님 감기 걸리셨었어'와 같은 말이라도 나올라 치면 몸 둘 바를 모르겠다. 결국은 '죄송해요…' 하고 사과드린 후에, 다음에는 제때 안부전화를 할 것을 다짐하고 전화를 끊고 나면 기분이 좋지 않았다. 다시는 전화하고 싶지 않다는 마음만 한가득이었다. 며느리가 시부모님께 해야 하는 안부전화는 나의 사적 어려움이나 호불호와 무관해야 하는 것이다. 가까운 친구나 나의 형제자매, 부모님과 하는 것과는 아주 다르다. 그렇다면 나는 이분들의 가족은 아니지 않은가…? 의심이 간다. 우리 시부모님은 항상 전화에 목말라 하셨기에 아들인 호빈도 같은 책망을 들었지만 호빈은 우리 엄마가 내게 그러하듯 '바쁘니까 그렇지' 하고 넘어갈 수 있었다.

시댁에서 주시는 물건이나 음식을 받을 때도 마찬가지였다. 시부모님이 서울에 오실 때마다 잔뜩 싸 오시는 물건을 주섬주섬 풀어놓는 자리에서도 호빈은 컴퓨터 앞에 앉아서 본인과는 상관없는 일인 양 하던 일을 계속해도 됐지만, 나는 시어머니 옆에 쪼그리고 앉아 '와! 맛있겠다', '고맙습니다'와 같은 감탄사를 연발해야 했다. 때로는 내 감사 인사가 충분치 않다고 하셔서 따로 한 차례 더 고맙다는 인사를 챙겨야 할 때도 있었다. 결국은 그 음식들과 재료들을 내 손으로 요리해서 호빈도 같이 먹을 테지만(심지어 거의 다 그가 먹을 테지만) 어쩐지 내 옆에 멀뚱멀뚱 서 있기만 해도 되는 호빈을 두고 '잘 먹겠습니다' 하고 인사를 해야 하는 순간마다 나는 '아…! 나는 절대 이분들 딸이 아니구나'라는 사실을 실감했다.

며느리가 남편의 집안에서 어떤 존재인가를 확신하게 된 결정적인 계기는 '도련님 사건'이었다. 호빈에게는 세 살 아래의 남동생이 있다. 호빈과 데이트를 하던 시절부터 두 형제가 같이 자취를 하고 있었기 때문에 나도 자연스럽게 호빈의 동생 호원과 알고 지냈다. 결혼 후에도 내가 시동생이 된 그를 '호원이'라고 부르며 존댓말을 하지 않는 것이 문제였다. 원래 한국에서는 며느리가 남편의 남동생을 '도련님'이라고 부른다고 한다. 그러다가 '도련님'이 결혼하면 '서방님'이라고 부른다고 한다. 나에게는 너무나도 익숙하지 않은 호칭이기에 나는 그 말을 객관적으로 따져볼 필요가 있었다.

　도련님이라는 말이 언제 쓰일까? 사실 내가 성장해오면서
는 어디서도 쓸 일이 없는 말이었다. 들어본 기억은 있다. 이
글의 맨 처음에 언급한 어린 시절 엄마랑 앉아서 보던 드라마
에서! 아직 신분제 사회가 존재하던 1900년대 초를 배경으로
한 드라마에서나 부잣집에 고용된 일꾼들이 주인집 아들을 도
련님이라고 불렀다. 나는 일꾼이 아니다. 세상 어느 곳에서도
나는 남에게 일방적으로 내 노동을 제공하는 존재가 아니다.
그런 존재가 되기 위해서 결혼을 선택한 것은 더더욱 아니다.
'서방님'은 더하다. 그때도 호원이는 내 서방이 아니었고 심지
어 지금은 결혼해서 남의 서방이 됐다. 이 '서방님'이라는 기
괴한 호칭은 어른들조차도 나에게 쓰라고 한 적이 없다. 나는
호원이의 형의 부인이니 항렬 같은 걸로 따져도 내가 윗사람
이다. 결정적으로 현실세계에서도 나는 호원이보다 나이가 많
다. '도련님'이 생소한 단어이고 과거에 신분제 사회를 배경으
로 한다는 것은 차치하고라도 내가 결혼을 했다는 이유로 그
에게 '님'자를 붙여 부를 이유도, 갑자기 존대를 해야 할 이유
도 없었다. 이와 같은 근거를 들어가며, 나는 어른들의 따가운

질책에도 불구하고 호원이를 계속 '호원이'라고 불렀다.

내가 거부하는 이유를 설명드리면 어른들은 존대를 해야 하는 이유는 시댁 식구에 대한 존중의 표현이기 때문이라고 하며 도련님 호칭이 정 불편하면 '삼촌'이라고 부르라고 했다. 그러고 보니 시어머니조차도 본인의 '도련님'을 '삼촌'이라고 부르고 계셨다. 엉망진창이었다. 호원이는 내 삼촌이 아니지 않은가? 게다가 결혼을 통해서 만나는 배우자의 가족에게 존중을 담아 존대를 해야 한다면, 나의 남편 호빈이 내 동생들을 이름으로 부르는 문제나 존대를 하지 않는 문제를 아무도 걸고 넘어가지 않는 건 어떻게 받아들여야 할까? 우리 친정 식구들을 무시해서? 남편의 집이 아내의 집보다 잘나서? 아니면 이것이 한국 사회에 만연한 남녀차별인 건가?!

나는 '도련님'이란 호칭과 존댓말을 쓰는 것을 끝끝내 거부했고 시댁 어른들은 나의 당돌함에 기가 질려 하셨다. 일련의 도련님 소동을 겪으며 남은 것은 두 가지다. 하나는 며느리는 가족이 아니라는 것. 그 호칭에 비추어 며느리의 위치를 가늠하자면 '남' 혹은 그저 '남'보다 아래의 일꾼에 가까운 것이 아니었나 싶다. 다른 하나는 그 소동에 휘말려 나와 호원이의 사이가 어색해지고 말았다는 것이다. 내가 도련님 호칭을 거부했기로서니 모두가 내 입을 주시하고 있는 분위기에서 당당히 호원이의 이름을 불러댈 배짱도 없었다. 그래서 나는 어느 날부터인가 호원이를 부르지도 않고 대화를 나누지도 않게 되었다.

나를 포함해 대부분 우리 세대의 며느리들이 시댁에서 과중한 노동에 시달리는 경우는 많지 않을 것이다. 실제로 집안일이 많이 줄어들고 쉬워진 데다 명절의 규모도 과거와는 비교가 되지 않을 만큼 간소화됐다. 게다가 요즘 시어머니들이 며느리들에게 집안일을 시키려고 하지 않기 때문이기도 하다. 그럼에도 불구하고 오직 며느리이기 때문에 시댁에 가면 어쩐지 부엌 근처를 기웃거려야 하고, 아이를 봐줄 누군가가 있음에도 오랜만에 아이로부터 해방된 자유를 마냥 누릴 수가 없다. 시어머니가 설거지라도 하실라 치면 '제가 할게요', '아니야, 됐다' 하며 주거니 받거니 연극 같은 실랑이를 매번 해야마음이 편하다. 소파에서 남편과 같이 TV를 보다가 이 실랑이를 할 찬스를 놓치고 설거지를 패스하면 나중에 '걔는 시댁에와서 설거지도 한번 안 하냐'는 따가운 질책을 당할 가능성이 높아진다. 이런 경험이 쌓이다 보니, 호빈과 함께 친정집에 갔을 때 그가 소파에 편히 앉아 있다가, 내 동생에게 "어, 현신아 안녕?" 하고 이름을 불러 격의 없이 인사하고, 우리 엄마가 차려주는 밥을 맛있게 먹고 나서 설거지 부담 따위는 없이 집에 돌아오기만 하면 되는 걸 보며 시댁에서의 내 모습과 대비되어 무척이나 속상했다. 대체 무엇이 그렇게 다른가?

나는 며느리가 겪는 진짜 노동은 육체적인 것보다 '감정노동'에 가까운 것이라고 결론 내렸다. 내키지 않아도 해야 하고, 기꺼움을 가장해야 하고, 끊임없이 불편한 상태를 유지해야만 하는 감정노동 말이다. 솔직히 고백하겠다. 나도 시부모님을 가족으로 대하지 못했다. 나는 부모님과 종종 다투지만 기쁜 일이 생겼을 때나 힘든 일이 있을 때는 나도 모르게 부모님에게 전화를 건다. 그들에게 알리고 싶고 위로받고 싶은 마음이 절로 생기기 때문이다. 시부모님은 내가 본인들에게 그렇게 해주기를 바라셨지만 어색한 것은 둘째치고 마음이 동하지 않았다. 같은 말도 시부모님이 하는 말은 되새기게 되고, 핀잔을 한번 들어도 더 많은 상처를 받고, 더 많이 서운해 오래도록 마음에 남았다.

성큼으로 B급 며느리 생활

풀지 못한 감정이 쌓이고 쌓여 시부모님과의 관계가 악화일로를 걷던 중에 마침내 시부모님이 대화에 응하셨다.

"그래, 말해봐라. 대체 네가 원하는 게 뭐냐?"

내가 나의 문제들을 풀어놓자 예상한 대로의 반격이 날아왔다. "네가 대체 며느리 노릇을 한 게 뭔데 그러니? 그럼 넌 뭘 그렇게 잘했다는 거야? 우리가 너에게 뭘 그렇게 시켰다는 거니?" 며느리 노릇이라⋯ 그렇다면 나도 할 말이 많다.

"어머니, 며느리는 손님이에요. 제 남편이 저희 집에 가면 그렇듯이 저는 아드님보다 멀고 어려운 존재입니다. 어머님 댁에서 설거지 같은 건 제가 호의로 해드릴 수는 있지만 저한테 하라 마라 하실 수 있는 게 아니라고 생각합니다."

그때 나를 보시던 시부모님의 표정을 잊을 수가 없다. 화가 나셨다기보다 어안이 벙벙하다는 표정이었다. 결국 그날의 담판은 결론을 맺지 못한 채 끝나고 말았다. '두 분께서 원하시는 것은 뭐냐'는 나의 물음에 돌아온 대답은 언제나 같았다.

'원래 원하던 것도 없고 지금도 진짜로 원하는 게 없다'였다. 나의 강한 발언에 충격이 컸던 시부모님은 '아이고, 얘는 구제 불능이구나…' 하시며 뒷목을 잡고 집으로 돌아가셨다. 아마도 돌아가는 차 안에서 잘못 들인 며느리가 집안 물을 얼마나 흐려놨는지 한탄을 하셨으리라!

영화를 보고 나의 주장에 공감하는 사람들조차 "아유, 그래도 저 며느리 말이야, 할 도리는 하고 저러지…" 하며 아쉬워할 때가 있다. 내가 내 주장을 관철하는 방식에 문제가 있었다는 것에는 나도 공감한다. 영화를 찍으면서 나 스스로도 곰곰이 돌아봤던 점이다. 하지만 나는 '며느리의 도리'라는 대목은 끝끝내 받아들일 수 없었다. '며느리의 도리'라는 게 대체 무엇인가? 며느리가 얼마만큼 감정을 억누르고 몇 번의 시댁 설거지와 청소를 하면 도리를 다했다는 평가를 받는 것인가? 제삿날에는 얼마나 일찍부터 가서 몇 시간 동안 웃는 낯으로 하루를 보내면 잘했다고 인정받는 것인가? 남편이 자신을 키워준 부모님께 스스로 하지 못하는 효도를 얼마만큼 대신 해줘야 '그 며느리 이제 큰소리 한번 칠 때 됐네!' 하고 인정해주는 걸까?

출발점이 틀렸다. 며느리와 시부모는 남이다. 나는 '쿨하다'는 표현을 싫어하지만 가족관계에 대한 강박에서 우리 모두 좀 '쿨'해질 필요가 있다. 가족이란 모름지기 천륜이라는 연결고리 아래 희생과 인내, 애틋함과 눈물은 기본이며 싫다는 말 따위는 맘속에 꽁꽁 쟁여둬야 한다는 강박에서 벗어나야 한다고 생각한다. 또한 앙금을 풀지 못해 속만 끓이다 마지못한 마음으로 맞이하는 명절이 당연하다는 고정관념에서도 벗어났으면 한다. 시어머니와 며느리는 단지 남편 혹은 손자라는 매개체로 연결된 새로운 관계이지 혈연도 감정적 유대도 없는 타인에 불과하다. 서로 존재하지 않는 '가족관계'를 가정하고 억지로 붙여놓자니 정작 진짜 가족들에게는 요구한 적도 없는 '성의'가 강요된다. 그게 있으면 '참며느리'고, 그게 없으면 '거짓며느리'라는 웃픈 상황이 우리나라 고부관계에서 반복되고 있는 것이다.

내가 며느리는 '손님'이라고 말한 것은, 거한 대우나 대접을 받고 왕처럼 시댁에 군림하겠다는 뜻이 아니었다. 생각해보라. 어느 손님이 남의 집에 가서 그렇게 행동하겠나? 손님이 방문했을 때 주인이 '남의 집'이라는 장소에 와서 낯설고 조심스러워하는 손님을 배려하여 편안히 지내게 해주려는 것처럼 며느리에게도 그저 손님 대하듯 배려하고 조심스러워야 함을 말하고 싶었을 뿐이다.

타인과 가까워지는 방법은 '친구'가 되는 것이다. 상대방을 관찰하고, 이해하고, 긍정적인 소통을 쌓아가는 데는 물리적으로 시간이 필요하다. 그러니 조급해하지 말자. 시어머니와 며느리에게는 아직 많은 시간이 남아 있으니 그 시간 동안 충분히 여유를 갖고 공을 들이면 된다. 그리고 때로 바라던 만큼 결과가 나오지 않더라도 실망하지 말자. 내가 선택한 남자의 어머니가, 내 아들의 아내가 언제나 서로 잘 맞는 인연이 될 수는 없을 테니 말이다.

선시 집안의 해준이

한 외국인이 방송에 나와서 한국에 처음 왔을 때 한국인들이 너무 무뚝뚝해서 당황했다며 한국인에 대한 자신의 첫인상을 늘어놓았다. 한국의 길거리를 다니면 사람들이 입을 꼭 다물고 무표정한 얼굴로 바쁘게 걸어 다니고, 눈이 마주쳐도 미소 한 번 짓지 않아 그 모습이 마치 화난 것 같았다는 것이다. 그래서 처음 한국에 왔을 때 '한국인들은 왜 저렇게 화가 나 있나?' 하고 궁금해했다고 한다. 나야 한국이 태어나서부터 살아온 곳이니 모르면 모른 척하고 서로 갈 길 가며 사는 한국의 길거리가 익숙하지만, 외국인의 눈에는 그렇게 보일 수도 있겠다 싶었다.

그런데 아이를 낳고 나서는 한국인들이 이렇게 낯을 안 가리고 오지랖이 넓었나 싶은 일을 수시로 겪게 됐다.

어린 해준이를 유모차에 태우고 아파트 앞 산책길을 100여 미터만 걸어도 처음 보는 어른들 몇 분이 꼭 훈수를 두신다. 가장 처음 나오는 질문은 언제나 같다.

"애기 몇 개월이야?"

그다음엔 각자의 취향대로다.

"애기 너무 춥게 입힌 거 아녀?" 또는 "아유~ 너 정말 덥겠다! 너네 엄마는 무슨 한겨울이라고 이렇게 싸 입혔는지 모르겠다."

아직 온기가 남은 9월의 가을 햇살 아래서, 내복 위에 조끼를 챙겨 입고 나온 우리 아들은 그분들의 말에 더웠다 추웠다 널을 뛰어야 했다. 곧이어 가족계획도 뒤따른다.

"바로 둘째 낳아버려. 둘째는 낳기만 하면 저절로 커. 애기 엄마 내 말 들어." 또는 "터울은 두 살이 딱이야. 얘 돌 전쯤에 임신하면 딱 맞을 거야."

이 어머님들, 임신이 얼마나 사적인 과정을 거쳐야 하는 건지 모르시는 건가. 얼굴빛 한번 변하지 않고 그런 말씀들을 하다니 참 대단하시다.

나 같은 젊은 엄마들은 아이 문제로 지적을 받는 것에 이골이 났다. 사방팔방에서 이미 아이를 키워봤다고 하는 어른들은 아이 다루는 법, 먹이는 법, 입히는 법, 놀아주는 법에 대해서 오만 가지 방법을 전수해주려고 하시는데, 어쩐 일인지 내가 선택한 방법은 항상 틀렸다고 한다. 아이를 안고 달래면 손탄다고 내려놓으라고 하고, 아이를 안아주지 않으면 빨리 안 달래고 뭐 하냐고 나무란다. 모유를 먹일 때는 요즘 분유도 잘 나오는데 왜 굳이 모유를 먹이냐고 하고, 분유를 먹일 때는 그래도 모유가 최고라고 한다. 그러나 아이를 가장 가까이에서 가장 오래 붙어 돌보는 엄마들은 아이마다 원하는 것과 맞는 방법이 다 다르다는 걸 깨닫게 된다. 내 아이가 원하는 것은 결국 엄마가 가장 먼저, 가장 정확하게 파악해낸다. 그렇기 때문에 엄마들 사이에서는 먼저 조언을 구하기 전까지는 서로의 육아에 대해 함부로 지적하는 것이 큰 실례이고 무례라는 암묵적인 룰이 통한다. "아기 몇 개월이에요?" 하는 질문이 처음 인사로 이루어지고, 그 이후에는 "아기 정말 귀여워요!", "아기 키우는 거 너무 힘들죠?" 정도로 이야기하고 나면 말 일이다. 엄마들끼리 굳이 서로 지적하지 않아도 항상 잘못하고 있다고 말해 줄 이들이 너무 많다는 걸 알기 때문이다.

우리 시부모님은 내가 보기에 측은할 정도로 손자 사랑이 대단하셨다. 두 아들이 스무 살 무렵 서울에 있는 학교를 다니러 일찌감치 떠나버린 뒤로 오랫동안 두 분이서 적적하게 살아오신 탓인지, 결혼 전부터 손자에 대한 기대가 남다르셨다. 내가 임신했다는 걸 아셨을 때도 혼전임신에 대한 민망함보다는 손자가 생길 거라는 기쁨에 더 들떠 하셨다. 아이를 낳기 전, 나는 마냥 장밋빛 미래만을 예상했다. 다른 갈등이 좀 있어도 적어도 아이 문제에 있어서만큼은 아이를 아끼는 마음이 모두 모여 마냥 좋은 일만 있을 것 같다는 기대 말이다.

타인도 참지 못하고 해대는 육아 훈수를 아기를 지극히 아끼시는 시부모님이 마다하실 리 없었다. 아이가 너무 예뻐 최대한 자주 보고 싶어하신 덕에 시부모님을 더욱 자주 만나야 했는데, 만날 때마다 나의 육아에 뭔가 문제가 있다는 지적을 받으니 온전한 정신으로는 그 시간을 보내기 힘들 지경이었다. 안 그래도 난생처음 해보는 육아로 육체적으로나 정신적으로나 나는 완전히 지쳐 있었다. 나 혼자 헉헉거리는 와중에도 마치 육아는 원래 자기 몫이 아니었던 양 뺀질거리는 남편과의 푸닥거리도 나의 기운을 싹 빼놓았다. 내 손에 한 목숨이 달려 있다는 중압감을 느끼며 쓸 만한 육아 노하우와 정보를 찾아 쉬지 않고 온라인과 육아서적을 뒤적거리느라 내 삶은 뒷전이었던 나는 모두에게 소리치고 싶은 마음이 한가득이었다.

"당장 그 입들 다물라!"

시어머니는 특히 마음이 급하셨다. 호빈은 유아기를 시할머니 댁에서 보냈는데 그때 할머니를 아주 잘 따랐던가 보다. 울다가도 할머니가 달래면 뚝 그치고, 할머니 등에 업히면 스르르 잠이 들었다고 한다. 그랬던 기억 때문인지 어머니는 손자 해준에게도 자신이 그런 존재가 되고 싶으셨던 것 같다. 며느리가 쩔쩔매는 아기를 마법처럼 보살펴주는 할머니 말이다.

하지만 해준이는 까다로운 아이였다. 까다로운 아이를 어떻게 다루어야 할지 몰라 처음에는 아이를 두 손에 받쳐 들고 한 시간가량을 흔들거리다 겨우 재우곤 했다. 그런데 해준이가 원했던 잠들기는 의외로 간단했다. 요람에 같이 누워서 손을 꼭 잡아주면 아이는 그 손을 조물락거리기도 하고 작은 손톱으로 찔러보기도 하고 꽉 쥐어보기도 하다가 스스로 잠이 들었다. 해준이는 누군가나 무엇인가에 구속되어 있는 것을 싫어했다. 이후에도 해준이는 유모차나 아기띠를 싫어했다. 이렇게 아이에게 맞는 방법을 찾기도 전에, 시어머니는 아이를 업어서 키워야 한다고 내내 본인의 방식을 고집하셨고 성이 날 대로 난 아이는 내가 성배마냥 받쳐 들고 두 시간을 흔들어 주어야 겨우 잠이 들었다. 기타 등등의 어려움을 굳이 보태지 않아도 육아는 그 자체로 어렵고 힘든 일이다. 이건 단순히 돈 받은 일을 말끔히 처리하고, 비싼 돈 주고 산 구두를 흠집 없이 신는 것과는 차원이 다른 일이다. 내 손에 한 생명이 달려 있는 일이기 때문이다. 그런 육아를 시어머니의 방법과 나의 방법이 어지럽게 교차하며 험한 길을 더 멀고 어렵게 돌아 가는 것 같았다.

원하는 만큼 아이와 가까워지지 못하자 어머니는 아이와 둘만 보내는 시간에 더욱 집착하셨다. 계속해서 아이를 키워주겠다는 제안을 하셨고, 서울에 오시면 이웃 동네에 있던 시할머니 댁에 아이만 데리고 가기를 원하셨다. 사실 이제 막 5개월이 된 아이를 떼어놓는 것이 나에게는 썩 내키지 않는 일이었지만 어머니와 아이와 내가 한공간에 있는 것이 그렇게 유쾌한 일은 아니었기에 차라리 보내는 것이 나았다.

　문제의 그날, 이미 나와 어머니 사이에는 이상 기류가 흐르고 있었다. 어머니는 아이를 키워주겠다는 제안을 내가 거부하자 그러면 살림을 합쳐 같이 살자, 아니면 너희가 근처로 이사 오는 것은 어떠냐, 아니면 내가 서울에 아파트를 하나 마련하겠다 등등의 제안을 하셨고 내가 그 제안을 모두 거절한 참이었다. 아침부터 해준이 상태도 별로였다. 늘 하던 때에 응가를 못 하고 칭얼거리기에 아이를 데려간다며 오신 어머니에게 "오늘은 그냥 제가 데리고 있을게요" 했더니, 어머니는 깜짝 놀랄 정도로 화를 내셨다.

"해준이는 선씨 집안의 아이야! 나도 애한테 권리가 있어! 네가 뭔데 너 혼자 애를 싸고 있으려고 하는 거야!!"

　'엥?' 나는 그 순간 그동안 나를 끊임없이 언짢고 불편하게 했던 감정의 실체를 깨달았다. 나는 아이를 품었고, 낳았고, 앞으로 아이가 혼자 힘으로 살아갈 수 있을 때까지 성장하는 동안 내 인생의 일부를 덜어내어 아이의 많은 부분을 책임지며 살아갈 부담을 안고 있지만 누구도 나를 양육자로서 존중해 주지 않는다는 것이었다. 나는 마치 맡겨진 짐을 소중히 간수 하는지 안 하는지를 감시당하는 기분으로 노심초사 아기를 돌 봐야 했던 것이다.

임신한 것을 알고 아이를 낳아야 하나 고민하며 결혼을 결 심하기까지, 호빈은 한 번도 우리의 결정이 선씨 집안의 대를 잇는 것이라는 의미를 되새겨준 적은 없었다. 나도 출산이 내 인생의 많은 것을 포기하는 것이기도 하고 우리 부모님을 크 게 실망시킬 수도 있고 전혀 예측하지 못한 방향으로 내 인생 을 휘말리게 할 수도 있다는 등의 수많은 고민을 하면서도, 나 의 출산이 어느 집안의 핏줄이 유지되는 데 의의가 있다고 안 심한 기억은 전혀 없다.

해준이가 선씨 집안의 아이라면 김씨인 나는 아이에게 어 떤 존재인가? 심지어 조씨인 우리 시어머니는 선씨 집안의 아 이라는 해준이에게 무슨 근거로 자기의 지분을 주장하시는 걸 까? 누가 한국 여성의 지위가 그렇게 낮지 않다는 근거로 결 혼해도 원래의 성을 유지할 수 있는 것이라고 주장하는지 모 르겠다. 결혼한 여자가 원래의 성을 유지한다고 해서 원래 성

숨가쁜 B형 며느리 생활

씨의 정체성을 유지하며 살 수 있는 것도 아니고, 심지어 결혼한 집안의 온전한 가족 대우도 받지 못하니 이중의 정체성 아래에서 혼란에 빠져 헛소리나 하는 존재로 살아가게 하는 것 아닌가?!

어머니와 나의 갈등이 폭발한 시할아버지의 제삿날, 우리는 잔뜩 날이 서 있었다. 제사 얼마 뒤에 나는 두 번째 이사를 앞두고 있었다. 이사 가는 날은 20분 거리에 있는 친정에 해준이를 맡기기로 했다. 제사를 며칠 앞둔 어느 날, 어머니는 나에게 전화를 해서 '친정엄마에게 이삿날 해준이는 시댁에서 데리고 있을 거라고 전하라'고 하셨다. 아직도 모르겠다. 어머니와의 그날 전화가 '통보'를 한 것인지 '요청'을 한 것인지에 대해서는 어머니와 나의 의견이 끝내 달랐다. 어쩌면 이미 내 마음속에 거부감이 너무 커서 어머니가 공손한 어투로 요청하신 것이 명령조의 단호한 요구로 들렸는지도 모른다. 어쨌든 그 일은 그야말로 '며느리도 모를 일'이 되고 말았다.

내 입장을 얘기하자면, 나는 무척 낯을 가리고 겁이 많은 우리 첫째 고양이를 데리고 이사를 해야 했고 어두운 이동장 안에서 낯선 장소로 옮겨가는 충격을 겪을 때 그 아이가 부리는 난동은 각자가 경험해본 극한의 스트레스 경험에 대입해보면 상상이 될지 모르겠다(가장 최근의 이사에서는 고양이가 겁을 먹고 난동을 부리다 결국 가죽으로 된 이동가방을 찢고 탈출했었다. 그 소동으로 녀석의 발톱이 빠져 피투성이가 됐었다). 8월 땡볕에 이사하는 것은 그 자체로 힘든 일이었고, 과거의 경험에 비추어 보았을 때, 아기 더하기 시부모님 더하기 나 김진영은 항상 나쁜 결과와 서로의 정신적 스트레스를 가중하는 최악의 조합이었다. 나는 그날만큼은 시부모님과 마주치고 싶지 않았다. 그리고 시부모님 눈치를 보느라 몇 달 동안 해준이를 보지 못한 우리 엄마가 그날 외손자와 시간을 보내게 해주고 싶었다. 시부모님이 아기를 만나는 날을 그렇게 기대하고 손꼽는다면 비록 외손자일지라도(사실 손자면 손자지 외손자가 뭐가 다른가?) 그 마음은 우리 부모님도 같다는 것을 좀 이해해주시기를 바랐다. 그러나 시어머니는 그날 아기 보기를 끝끝내 원하셨고 나는 그걸 끝끝내 거부했다.

과거의 분쟁이 쌓여가고, 순간의 분노가 더해지고, 아무리 불만을 제기해도 끊임없이 반복되는 모든 것들에 진저리가 나고 암담해졌다. 시할아버지의 제삿날이 상당히 위험할 것 같은 예감이 들었다. 그래서 호빈에게 '나는 그날 정말로 가고 싶지 않다. 내가 그날 감정을 추스릴 자신이 없다. 나는 가지 않겠다'고 했다. 부모님께도 그렇게 말씀드리라고 했다. 그러나 호빈은 결국 그 말을 전하지 못했고 나는 복잡한 마음을 안고 제사에 참석해야 했다.

제사가 끝나고 밤늦게 '쾅쾅쾅!' 문 두드리는 소리가 났다. 시어머니가 찾아오셨다.

"너! 얘기 좀 하자!"

"네! 들어오세요. 저도 할 말 많아요."

그 사이에 호빈은 허둥지둥하다가 결국 밖으로 나가버렸다.

나의 불만 토로에 시어머니는 '난 그런 적 없다'고 발뺌을 하셨다. 그리고 한동안 이어지는 진실 공방. 그러다 합세하신 시아버지는 '너 어디 감히 어른한테', '어른이 그럴 수도 있지', '네가 그런 말할 자격이 있냐' 등의 꾸중으로 반격하셨다. 결국 그날도 우리는 서로가 원하는 것과 서로가 넘지 말아야 할 선에 대한 합의는 하지 못한 채 '너랑은 남이다. 우리 이제 서로 보지 말자'라는 말을 끝으로 서로 뒤돌아섰다.

새벽이 깊어서야 호빈이 우물쭈물하며 집으로 돌아왔다.

나는 울어서 퉁퉁 부은 눈을 하고 식탁에 앉아 그를 기다리고 있었다.

"내가 분명히 말했지? 오늘 그 제사에 가면 큰 문제가 생길 거라고? 오빠도 상대하기 힘들어하는 사람들을 내가 왜 혼자 감당해야 하는 거야? 이게 결혼생활의 당연한 일부라면 난 절대 납득 못 해. 그리고 이번에도 어김없이 나보고 보지 말자고 하시는데 어차피 못 지킬 말이라는 건 뻔히 알지만 이제 나도 싫어. 앞으로 나도 안 봐. 내가 왜 이렇게 고통스럽게 오빠 부모님이랑 계속 마주쳐야 하는지 이해를 못 하겠고 이건 무슨… 이런 게 무슨 관계야?

그리고 앞으로 찍어. 나랑 어머니가 마주치는 순간은 다 찍어놔. 난 어머니의 '그런 적 없다'는 말, 두 번 다시 듣고 싶지 않아. 진실 공방으로 시간 낭비하고 싶지도 않고. 사실 관계는 객관적으로 남겨놓는 게 서로를 위한 거야."

"…알았어. …미안해."

김치 전쟁

"아니요. 싫습니다. 됐습니다."

　나는 사람들에게 거절을 잘 한다는 말을 듣곤 한다. 거절을 잘 한다는 것은 그만큼 거절의 의사 표시를 했을 때 상대방이 거부 의사를 받아들이고 수긍해준다는 의미다. 상대방이 거부 의사를 수긍하지 않는다면 입으로 아무리 거절을 읊조려 봤자 완성되는 것이 아니므로 나는 내가 거절을 잘 하는 사람이라는 것에 완전히 동의할 수 없다. 싫은 것이 많은 사람이라면 모를까. 그저 그동안 내가 운이 무척 좋아 소통이 잘되는 사람들과 만났었던가 싶다.

보험이나 부동산 판매 같은 영업을 목표로 전화하는 이들은 무관심하거나 심지어 반감이 있는 상대방의 마음도 돌려야하기에 상대방이 거부 의사를 보이더라도 전혀 아랑곳하지 않고 자기 할 말을 이어간다. 나는 영업을 목적으로 걸려오는 전화를 받을 때마다 항상 당혹감을 느꼈다.

"관심 없습니다." 혹은 "보험 안 할 거예요. 보험 할 돈 같은 거 없어요."

"아닙니다, 고객님! 한번 들어보세요, 고객님."

폭포수처럼 쏟아지는 상담사의 만류와 거부와 설득에 대체 어느 타이밍에서 전화를 끊어야 할지 도통 갈피를 잡을 수도 없고, 나의 명확한 거부 의사가 전혀 통하지 않아 오히려 당황하고 만다. 나는 의외로 영업전화에 약하다. 명확하게 드러난 상대방의 의사를 아랑곳하지 않는다는 것은 내 사고체계로는 받아들이기 힘든 일이다.

처음 시어머니와 내 고양이가 문제가 됐을 때도 마찬가지였다. 반려동물을 키워본 적 없는 시어머니에게는 동물이 필요에 따라 품을 수도 보낼 수도 있는 존재겠지만, 어릴 때부터 동물과 같이 살아온 나에게는 가족이고 보낼 때란 그 동물이 무지개 다리를 건너는, 가슴 아픈 이별의 순간뿐이었다(무지개 다리란 동물들이 이승에서의 삶을 마무리하고 맘마와 간식과 즐거움이 넘쳐나는 별나라로 갈 때 건너는 다리를 말한다). 특히 나의 인생 중 가장 굴곡지고 험난한 순간을 모두 함께 겪어준 꼬꼬냥과의 이별은 나로서는 상상도 할 수 없는 일이었다.

"싫어요. 절대 안 돼요."

아무리 거절해도 소용없었다. 시어머니는 결혼 준비 기간 내내 그리고 아이가 태어나기 전부터 그리고 아이가 태어난 후까지도 고양이를 치워야 아이에게 안전하다는 주장을 굽히지 않으셨다. 이건 무슨 영업전화 지옥에 빠진 기분이었다. 한번은 결혼 준비를 하던 중, 시어머니와 한 시간가량을 고양이 문제로 '보내라', '못 보내요' 공방을 벌였는데 그 순간 얼마나 당황스러웠는지 독한 나도 눈물을 터뜨리고 말았다.

"안 돼요…. 안 된다고요. 흑흑흑."

나의 개인적인 삶의 영역에서 벌어지는 일에 대해 내가 왜 남편의 부모님을 설득해야 하는지 그 자체도 납득할 수 없는 일이었지만 그보다 앞서 **'아니 대체 이분은 왜 남의 거절을 못 알아듣는 거지?'**라는 생각에 혼란스러웠다.

고양이 문제 이후에도 많은 문제가 같은 방식으로 어머니와 나 사이에서 갈등을 빚었다. 아이가 태어난 후 우리는 신혼집보다 약간 큰 아파트로 이사했다. 이사 후 처음 우리 집을 찾아오신 어머니는 내 화장대 위치가 별로라며 바꾸라고 하셨다.

"저는 저 위치가 마음에 드는데요?"

"아니야, 별로야. 화장대가 입구 쪽에 있으니까 답답해 보이잖아. 오빠 오면 저 안쪽으로 옮겨달라고 해. 알았지?"

"…아니에요, 저는 그냥 저렇게 놓고 쓸게요."

"아니 내 말은, 내가 살아보니까 이런 식으로 물건을 놓으면 불편한 게 많아. 바꿔라! 알았지?"

"…."

화장대 위치를 절대 바꿀 생각이 없었기에 난 더 이상 대답하지 않았다.

하지만 그렇게 쉽게 포기할 우리 시어머니가 아니었다. 어머니는 내가 화장대 위치를 바꿀 것을 다짐받고자 '알았지? 바꿀 거지?'를 반복하셨다. 끝끝내 '네, 알겠어요. 바꿀게요'라고 어머니가 원하는 대답을 하지 않으니 시어머니도 마음이 상한 것 같았지만 그 순간 나의 분노는 말할 것도 없었다. 아니, 내 집에서 내가 쓰는 화장대의 위치가 본인의 마음에 아무리 안든다 한들, 싫다는 사람에게 바꾸라는 강요를 어쩌면 저렇게도 쉽게 할 수 있을까? 그날 어머니가 오셔서 지적한 것은 화장대 위치만이 아니었다. 애가 너무 덥게 입고 있다는 둥(그러다 본인이 약간 서늘하게 느끼면 너무 춥게 입고 있다며 다시 벗긴 옷을 입히신다), 애 이유식이 별로 영양가가 없어 보인다는 둥 트집을 잡으셨다. "애기 장난감에 고양이 털이 있으니 조심해라", "애기 사진 좀 자주 보내라", "어른한테 카톡만 성의 없이 보낼 게 아니라 전화라도 한 통 해라", "냄비는 싱크대 아래보다는 위쪽에 보관해라" 등등 어머니의 잔소리는 끝이 없었다. 그리고 나에게 한마디 양해도 구하지 않고 고양이들을 베란다에 가둬두셨다. 이곳은 분명히 내가 일상을 영위하는 나의 공간인데 어머니는 나의 의사는 아랑곳하지 않고 자신의 집인 양 타인의 사적 영역에 마음대로 관여하고 있었다. 그 사실은 끊임없이 나의 신경을 자극했다.

나는 불쾌한 기분을 굳이 숨기려고 하지 않았고(사실 난 숨기지도 못한다) 서먹한 분위기에서 시어머니를 배웅했다. 시어머니를 터미널까지 태워다 드린 남편이 집에 돌아와 나에게 한마디 했다.

"야! 너 도대체 왜 그래? 엄마한테 대체 어떻게 한 거야?

어른이 말을 하면 대답을 하고 그래야지! 엄마 완전 화났잖아!"

"뭐야? 내가 무슨 말에 대답을 안 한 줄이나 알아? 나보고 내 화장대 위치가 본인 마음에 안 든다고 바꾸라고 하시는데 대답을 안 하긴! 싫다고 백 번 천 번 했다! 내가 대답을 안 한 게 아니라 '네'라고 안 한 게 문제겠지! 내가 쓰는 화장대, 왜 어머니가 바꾸라 마라야? 그리고 저 애기 누가 뭐라 그래도 제일 걱정하고 목숨 붙여놓고 싶은 것도 나야! 만날 때마다 뭐라도 하나 내가 애한테 잘못하고 있다고 말해야 속이 시원한 거야? 나는 분명히 전에도 아이 문제로 자꾸 잔소리하시는 거 불편하다고 얘기했다고! 근데 바뀐 게 뭐야? 내가 불편한 것 따위는 안중에 없다는 거야? 또 뻔히 이제까지 나랑 같이 계셨으면서 문제가 있으면 나한테 직접 얘기해서 푸실 것이지, 오빠한테 그렇게 뒤에서 말씀하시는 건 뭐 우리 둘이 싸움 붙이는 것밖에 더 돼? 어머니나 나나 둘 다 성인인데 왜 직접 당사자끼리 문제를 해결하지 못하는 거야? 오빠는 거기에 왜 사정도 모르면서 바보처럼 끼어들어서 사람 더 열받게 하는 거냐고!"

속사포처럼 쏘아대는 나의 분노에 찬 말에 남편은 깨갱 하고 꼬리를 내렸다.

"그래? 알았어. 미안해. 엄마가 원래 좀 그래. 이해 좀 해줘라."

나의 결혼생활에 시부모님의 방식이 당연히 개입된다는 사실을 한국 사회에서 나만 몰랐었나 보다. 엄마에게 하소연해 봐도, "시어른들은 원래 그래. 거기에 그렇게 사사건건 불만을 표시하면 너 친정에서 가정교육도 제대로 못 받았다는 소리 듣고 친정 부모 욕만 먹이는 거야! 그냥 알아도 모르는 척하면서 뭐 알려주면 배우는 시늉도 할 줄 알고 그래야지"라는 대답이 돌아왔다.

어디 가서 할 말은 하고 똑똑하게 대처하라고 하시던 우리 엄마조차 이렇게 말씀하시고 친구들도, 남편도 좀 못 이기는 척 따라주라고 한다. "네가 하는 말이 틀린 건 아니지만 너무 피곤하지 않니? 그냥 잠깐 장단 맞춰주면 될 걸 뭘 그렇게 자꾸 소란을 만드는 거냐고." 그렇게 그들은 어른들은 절대 바뀌지 않는다고 충고해주었다.

어른들도 한때는 젊은이였다. 그들도 젊은 시절 어른들이 하는 말씀이 모두 다 마음에 쏙 들고 옳기만 해서 따르고 살아오진 않았을 것이다. 만약 그랬다면 인간 사회는 태초의 그 모습을 그대로 간직하면서 반복됐을 테지만, 우리 할머니가 살았던 세상은 우리 엄마 세대에 바뀌었고 엄마 세대의 삶은 우리 세대에 와서 또 바뀔 것이다. 왜 본인들이 바꿔놓은 곳에서 세상이 멈추길 바라는 걸까? 몇 살 정도 되면 내 말이 틀림없이 맞다고 억지를 부리면서 살아도 아무도 나를 나무라지 않을 수 있을까? 나의 어린 아들에게조차도 남의 말에 귀 기울이지 않고 타인을 배려하지 못하는 일은 옳지 않다고 가르치는데, 누가 우리 사회의 '어른들'의 버릇을 망쳐버린 건지 모르겠다.

우리 싸움은 김치를 통해 정점을 찍었다. 한국 사회에서 김치란 것은 살림의 정수다. 매년 김장철에 집안 여성들이 모여서 김치를 담그는 것은 집안의 결속과 유대를 상징하는 행사다. 그 안에서 알력과 묘한 갈등이 생기기도 하며, 시어머니 입장에서 김장법을 전수한다는 것은 자손을 남기듯 집안의 부엌 문화가 이어지는 것을 뜻한다. 어머니는 우리 집에 본인이 만든 김치를 항상 채워주고 싶어하셨다. 얼마나 선한 마음으로 김치를 주셨든 간에 주는 김치를 다 받는 것은 현실적으로 불가능한 일이었다. 일단 나는 김치를 거의 먹지 않는 사람이고, 김치를 무척 좋아하는 호빈은 밖에서 작업하는 시간이 많기에 일주일 기준으로 집에서 세 끼도 채 밥을 먹지 않았다. 우리에게는 그렇게 많은 양의 김치가 필요하지 않았다. 무엇보다 나는 김치를 따로 보관할 김치 냉장고가 없었으므로 매번 직접 가져오시기도 하고 택배로 부쳐주시기도 하는 김치를 보관할 공간 자체가 없었다.

"어머니, 지난번에 주신 것도 하나도 못 먹었어요. 저희 집에는 더 이상 김치를 보관할 공간이 없어요."

그러나 이런 현실적인 이유도 어머니에게는 통하지 않았다. 어른의 의사라는 것은 불가능한 여건까지도 모두 이겨내야 하는 것인지, 어머니는 "어른이 주면 받는 거야!"라고 한마디하신다. 그리고 나의 마음이 아무리 불편해도 너무 감사하다는 인사도 빼먹지 않아야 했다.

시할아버지의 제삿날, 결국 쌓이고 쌓인 시어머니와 나의 갈등이 분화구처럼 폭발했다. 레퍼토리는 언제나 똑같았지만 어머니와 나는 서로 언성을 높였고 "됐다! 그만하자!"며 돌아서시는 어머니는 항상 그러했듯이 "우리 이제 서로 보지 말고 살자!"라고 하셨다. 나와 충돌이 있을 때마다 어머니의 마무리는 같았다. 우리는 서로 안 보고 살면 된다고. 사실 시어머니와 며느리는 근본적으로 남이라고 생각하는 나에게 이 말은 마법의 말이다. 분쟁을 지속하는 것이 의미 없어지고 입을 다물게 하는 말이자, 한편으로는 민망하고 배척당하는 느낌을 갖게 하는 말인 것이다. 나는 시어머니의 등 뒤로 크게 소리 쳤다.

"알겠습니다. 어머니는 어른이시죠? 본인이 하신 말씀 꼭 책임지세요!"

나는 시어머니와 나 사이에 놓인 문제가 해결되기 전까지는 이전과 같은 교류를 지속하는 것이 무의미하고 불가능하다고 생각했고 그래서 더 이상의 만남을 거부했다. 본인이 필요할 때는 나를 가족으로 만들었다가 화가 나면 순식간에 남으로 만들기도 하는 어머님이 본인의 말에 책임지기를 바란 것이기도 했다. 그러나 시부모님은 어김없이 한 손에 김치통을 들고 우리 집을 찾아오셨고 나에게 '지난 일은 어른이 그럴 수도 있으니 그냥 잊으라'고 하셨다. '너도 잘한 것 없다, 친정에서 그렇게 배웠냐'는 말도 덧붙였다.

나는 착한 사람은 아니다. 공손한 사람은 더더욱 아니고, 한국인 평균치에 비해 예의 바른 이는 더더욱 아닐지 모른다.

한국 사회에서 며느리가 해야 한다고 하는 노릇들을 거의 하지 않았을 수도 있다. 그래서 정말로 내가 화낼 자격이 없을 수도 있다. 그러나 그 순간, 그 자리에서 겪은 모든 일들은 내 몸이 덜덜 떨리도록 굴욕적인 경험이었고, 애써 가져온 김치를 열어보지도 않는다고 핀잔을 듣는 순간은 인생을 통틀어 눈에서 불꽃이 튀도록 분노한, 세 손가락 안에 드는 경험이었다.

"우리는 서로 안 보고 사는 게 낫겠어요. 저는 그러고 싶습니다."

그 순간 나의 대답에 시부모님은 대노하셔서 돌아가셨다. 마찬가지로 대노한 나는 그 가증스러우면서도 무고한 김치통을 마당에 내던져 버렸다.

STOP & GO

나는 먼저 'STOP'이라고 말했다. 나는 우리의 관계를 계속 유지하려면 일단 멈추고 대화를 해야 한다고 생각했다. 어머니와 나 사이에 그간 다양한 이유로 충돌이 있었지만 근본적인 문제는 하나였다. 시어머니가 상대방의 'NO'라는 대답을 수용하지 못한다는 것이었다. 워낙에 의지가 강한 시어머니 때문에 곤란을 겪는 것은 다른 가족도 마찬가지였지만 며느리인 나는 그녀의 의지를 거부하는 것이 더욱 힘들었다. 나의 'NO'에는 그녀가 훨씬 예민하게 반응했기 때문이다. 내가 단지 며느리기 때문에 항상 양보하고 의사를 접을 이유는 없었다.

나는 어머니와 대화할 기회가 있을 때마다 같은 요구를 했다. **"저의 거절을 인정해주세요."** 그때마다 어머니는 '알았다'고 대답하셨다. 그렇지만 이번엔 조금 나아졌겠지, 하고 만난 자리마다 실망스럽게도 어머니는 별로 달라진 것이 없었다. 영화 〈B급 며느리〉에서도 나온 '해준이의 옷'을 두고 나와 어머니가 벌이는 신경전이 바로 이 연장선에 있었다. 어머니는 본인이 마음먹은 일은 관철해야만 하시는 분이었다. 어머니를 만나고 올 때마다 모자부터 양말까지 갈아입혀진 해준이를 보고 나는 크게 실망했다. 내가 요구한 것들이 전혀 배려받지 못한다는 사실에 화가 났다. "엄마가 이제 좀 변했어"라는 호빈의 말을 믿었던 내가 한심해 그에게 실망감을 드러내면, 우리는 또 싸우게 됐다. 시어머니와 접촉을 시도할 때마다 남편과 싸워야 한다면 이제 나에게는 'STOP'밖에 없다. 시부모님을 보지 않는 것이 차라리 나았다.

시부모님은 'GO'를 외치셨다. 가족은 무조건 보고 살아야 하는 것이니 일단 만나자는 것이었다. 내가 완전히 만남을 거부하자 시부모님은 호빈의 손에 김치나 반찬을 들려 보내셨다. 때로는 막무가내로 집 앞에 찾아오셔서 '문을 열라'고 하

"너의 거절을 거절한다."

섰다. 그런 상황은 나의 마음을 더욱 얼어붙게 했다. 원치 않은 것이지만 김치나 반찬을 받으면 일단 부담이 된다. 나도 부엌일을 해봤으니 그것이 수고스러운 일이란 걸 왜 모르겠는가? 그리고 그렇게 음식을 밀어 넣는 것이 어머니 방식의 화해 시도인 것도 안다. 그렇지만 그런 번거로운 모든 시도를 하기 전에 왜 나와 진지하게 대화하지 않으실까? 왜 '싫다'는 나의 의사를 존중해주지 않으실까? 어머니의 화해 시도를 내가 수용하지 않으면 호빈도 나에게 꼭 한마디했다. '이제 적당히 좀 하라'는 것이었다. 막무가내인 시부모님의 'GO'는 나의 'STOP'을 더 부추길 뿐이었다.

상황이 이렇게 진퇴양난의 지경에 이르렀을 때, '어머니가 변하셨고 노력하고 계신다'는 호빈의 말을 한 번만 더 믿어보기로 마음먹었다. 그래서 곧 돌아오는 시아버지의 생신상을 내가 직접 차려드리겠다고 제안했다. 그러나 우리는 그때 화해하지 못할 얄궂은 운명이었나 보다. 약속한 바로 그날, 병상에 계시던 나의 할아버지께서 돌아가셨다. 집에서 겉절이와 갈비를 준비하던 나는 모든 일정을 취소하고 광주의 장례식에 가야 했다. 시댁에 급작스러운 비보를 전하는 호빈의 전화기 너머로 해준이를 못 보게 됐다고 아쉬워하는 시어머니의 목소리가 들렸다. 시부모님은 오랜만에 만나는 손자를 위해 장난감을 사 오신 것이다. 나는 호빈에게 해준이를 데리고 잠깐 다녀오라고 하고는 집에서 저녁상을 차리고 기다렸다. 요리가 싸늘하게 식어가는데 호빈은 집에 올 줄 몰랐다. '왜 안 와?' 하고 카톡을 보내도 답이 없었다. 점점 화가 치밀었다. 무슨 일인지 짐작이 갔다.

호빈은 10시가 다 되어서야 잠든 해준이를 안고 집에 돌아왔다. 한 손에는 아이의 선물인 로봇 장난감을 들고 있었다. 화가 머리 끝까지 올라와 나는 그때까지 호빈을 기다리느라 먹지 않고 그대로 두었던 음식들을 싹 치워버렸다. 호빈은 내 분위기가 심상치 않은 것을 눈치채고 자초지종을 설명하기 시작했다. '오랜만에 손자를 만난 어머니가 너무 좋아하셨다. 그래서 차마 해준이를 데리고 나올 수가 없었는데 어느새 고모가 짜장면을 시켜버렸다. 그리고 로봇 장난감을 꺼내 조금 가지고 놀다 보니 이 시간이 된 것이다. 그래도 나는 너랑 먹으려고 짜장면을 안 먹었다'는 것이 그의 변명이었다.

그의 입장에서 보자면 그냥 평소와 같은 일이 벌어진 것이다. 왜 호빈이 밤 10시까지 연락도 없이 내가 밥을 먹지 않고 기다리는 것을 괜찮다고 생각했는지 모르겠다. 저녁을 먹고 할아버지 장례식에 갈 준비를 했어야 했는데 자기 때문에 그 것을 못 하게 된 것이 왜 아무렇지 않다고 생각했는지 모르겠다. 늘 그렇듯이 내 상황이나 의사는 양보할 수 있는 것이어야 했다. 호빈은 대체 왜 부모님이 달라지셨다고 한 거지? 그 순간 깨달은 것은, 내가 별의별 짓을 다 해도 절대 바뀌지 않는 것이 있다는 것이었다. 이기고 말겠다고 다짐했던 나의 싸움에서 마침내 내가 졌다는 깨달음이 왔다. 왜 내가 이 땅에 수백 년간 내려온 악습을 내 손으로 뿌리 뽑을 수 있다고 그토록 자신했을까?

그날 밤에 호빈과 나는 전무후무한 싸움을 했다. 이때까지 최대한 냉정을 유지하며 '이성적인 싸움'을 하겠다고 버티던 나는 울고 소리 지르고 난장판을 치면서 격렬하게 싸웠다. 다음 날 일찍 할아버지 장례식에 가기 위해 길을 나서는 나와 호빈의 사이엔 냉랭한 기운이 가득했다. 광주까지 먼 길을 말없이 오가면서 나는 아무래도 이혼을 해야겠다는 생각을 했다.

돌아가신 할아버지 생각까지 겹쳐 태어나서 가장 우울한 이틀을 보낸 것 같다.

싸늘한 집안 분위기를 견디지 못하고 호빈은 한동안 작업실에 머물렀다. 마침 영화 편집 작업 중이었으니 어렵게 핑계를 댈 필요도 없었다. 호빈이 집에 없는 며칠간 나는 마음을 정리하고 호빈에게 전화를 했다. "할 얘기가 있어요. 집에 좀 올래요?" 집에 온 호빈의 얼굴이 딱딱하게 굳어 있었다. 뭔가 심상치 않다는 걸 느낀 모양이었다.

당초 나의 의도는, 이제 우리 사이가 풀기 어려운 곳까지 왔고 시부모님과의 문제도 해결할 길이 없어 더는 감당하고 살 자신이 없으니 이혼을 하는 것이 맞겠다는 이야기를 담담하게 하려고 했었다. 그런데 막상 내 앞에 앉은 호빈의 동그란 얼굴을 보자 다른 말이 튀어 나왔다. 그동안 한 번도 하지 않던 하소연을 하고 만 것이다. "정말 너무 힘들어서 못 살겠다고! 내가 어떤 사람인 줄 알면서 왜 나를 이렇게 살게 내버려두냐고!" 서럽게 울면서 호빈을 원망했다.

"나는 내 결혼생활도, 원래의 내 모습도
지키면서 살고 싶다고! 그게 뭐 그렇게
어려운 일이라고 이렇게 힘들어야 하는
거야!"

눈물과 콧물이 마구 흘러 뒤범벅이 되었다. 엉엉 우는 내 앞
에 앉아 호빈도 따라 울었다.

그 이후 호빈의 태도가 처음으로 단호해졌다. 호빈은 홀로
부모님을 뵈러 대전에 갔다. "우리가 이혼하는 걸 바라는 게 아
니시면 저희 좀 내버려두세요." 아들 부부의 문제가 심상치 않
은 것을 느끼셨는지 시부모님은 정말로 호빈의 요구를 들어주
셨다. 결혼 후 5년 만에 처음으로 2주마다 한 번씩 터지던 시
부모님과의 충돌이 사라졌다. 나는 내 생활에 집중했다. 자전
거에 아이를 태워 어린이집에 데려다주고, 도서관에 가서 책을
빌려와 읽고, 마당에서 꽃을 가꾸고, 호빈과 벌어진 사이를 좁
히는 노력과 같은 평범한 '결혼생활'을 할 수 있었다. 내 생활
에 행복감과 만족감을 느끼자 서서히 주변을 돌아볼 여유가 생
겼다. 그제야 내 눈에 상처받은 남편의 가족이 들어왔다. 내가

나의 부모님에게도 하기 어려운 것들을 호빈으로 하여금 그의 부모님에게 하라고 등을 떠민 것은 아닌가라는 생각이 들었다.

아들의 결혼생활에서 한발 물러나신 시어머니는 도예라는 취미를 찾으셨다. 원래 좋아하셨던 여행도 자주 가고, 유치원에서 활동하는 '이야기 할머니' 일도 시작하셨다. 오랜만에 부모님을 만나러 갔던 호빈은 엄마가 주는 선물이라며 도자기로 구운 꽃병이나 냅킨꽂이 등을 가지고 왔다. 전형적인 '어머니 방식'의 화해 시도였다. 여전하신 시어머니에게 나는 놀랐다. 다만 이전같이 차가운 마음은 아니었다.

어머니 세대의 어른들이 '자기주장 또박또박 하며 대드는 며느리'로 인해 받는 충격은 우리가 짐작하는 것 이상일 것이다. 그 '괘씸함'이 마음에 오래 남아 끝내 며느리를 용서하지 못하고 관계를 회복하지 못하는 경우도 주위에서 어렵지 않게 볼 수 있다. 호빈이 카메라 영상 속에 담아온 시어머니도 과거의 시집살이가 마냥 좋은 것도 아니었고, 본인의 시부모님에게 억하심정을 품을 때도 있었다고 고백하셨다. 그래도 며느리는 그래선 안 되기에 삭이고 살아온 것뿐이라고 하셨다.

담아두는 것 없이 뻥뻥 터뜨리며 사는 나를 보시며 어머니는 해방감을 느끼셨을까, 억울함을 느끼셨을까?

2년 만에 시부모님 댁에 갔다. 다시 만난 시어머니는 이전보다 훨씬 편했다. 워낙에 뒤끝이 없는 나와 어머니는 몇 달 만의 만남에서도 과일을 깎아 먹으며 웃고 떠들었다. 별 탈 없이 잘 지내고 웃으며 헤어져 서울로 돌아왔다. 그리고 몇 주 후에는 같이 김장도 했다. 호빈은 그런 우리를 보면서 경악했다. '네가 왜 갑자기 부모님 집에 간 건지 도저히 모르겠다'며 의아해했다. 그럼 못 갈 건 뭐람? 모든 게 나아졌는데, 내가 계속 고집부릴 이유가 없지 않은가?

멈추지 않으면 놓치기 쉬운 것들이 있다. 결혼생활에 집중하고 나서야 배려할 수 있는 것들이 있다. 혹시 이 글을 읽고 있을 시부모님 혹은 예비 시부모님들께 간곡히 부탁드린다. 서두르지 말고 며느리에게 시간을 좀 주시라고 말이다. 잠시 멈춰 숨을 돌리고 때가 되면 앞으로 가면 된다. 그렇게 가야 할 때, 민망하지 않게 'GO' 사인을 보내준다면 더 멀리, 더 오래 갈 수 있을 것이다.

2장

남편은 대체 시댁에서 뭘 배운 거야?

누군가의 아들과 결혼한 여자들

결혼을 하고 나니 호빈은 자연스럽게 집안일을 하지 않았다. 집안일을 하지 않는 정도가 아니라 아이처럼 집을 더 어질러 놓았다. 먹다 남은 음식을 내버려두고, 다 마신 물컵을 아무 곳에나 굴리고, 택배 상자는 뜯고 나면 방구석에 그대로 방치해 두었다. 내가 머무는 공간을 좀 그럴듯하게 관리하고 싶었던 나는 호빈이 어질러놓은 공간들을 끊임없이 정리해야 했다.

"왜 오빠는 당연한 듯이 집안일을 하지 않는 거야? 심지어 지금은 오빠도 돈을 안 벌고 있잖아?" 이런 나의 물음에 호빈은 "난 어질러진 데서 살아도 상관없어. 원래 청소는 못 참는 사람이 하는 거야"라고 뺀질거리면서 대답했다. 말은 그렇게 해도 시간이 되면 밥을 먹어야 하고, 집 밖을 나갈 땐 옷을 입어야 한다. 먹을 것을 찾아 냉장고를 뒤지고 옷이 왜 없냐며 옷장을 헤집는 것이 싫어 나는 부지런히 먹을 것을 사서 냉장고를 채우고 옷을 빨아 걸어두었다. 이상하다. 우리는 독립적인 존재로서 서로 존중하며 만나왔고 결혼 전엔 각자의 삶을 잘 살아왔는데, 지금의 나는 자연스럽게 호빈을 보살피면서 살고 있었다.

아이가 태어나도 호빈은 당연히 육아는 자신의 일이 아니라고 생각했다. 나와 한마디 상의 없이 약속을 잡아 밖으로 나가고, 내가 소리쳐 부탁하기 전까지는 당연한 듯 육아를 나에게 미루고 있었다. 해준이가 태어난 후 정신없이 아이를 키우다 보니 어느덧 나는 인간 아이 하나, 고양이 둘, 인간 어른 하나를 돌보면서 살고 있었다.

이상했다. 내가 꿈꾸던 결혼생활은 부부가 서로를 돌봐주고, 서로의 인생을 실현하도록 돕는 관계로 지내는 것이었는데 남편은 어느새 나에게 아들과 다를 바 없는 존재가 되어 있었다.

그중에서 특히 내 신경을 건드린 것은 그가 신고 나서 집 안 여기저기에 방치하는 양말들이었다. 어떻게 그렇게 하는지 공처럼 동글동글 또아리를 만들어 벗어놓은 양말들은 데굴데굴 집 안을 잘도 굴러다녔다. 굴러다니면서 고양이 털도 붙고 먼지도 붙어서 나중에 주워 세탁기에 돌리면 같이 빤 다른 빨래에 고양이 털과 먼지가 덕지덕지 붙어나왔다. 아무리 잔소리를 해도 좀처럼 호빈이 이 버릇을 못 고치자 나는 급기야 양말 세탁을 거부했다. 집 안 여기저기에 호빈의 양말이 굴러다녔다. 시어머니는 우리집에 오실 때마다 치우지 마시라는 나의 만류에도 불구하고 호빈의 양말을 모아 빨아주고 가셨다.

"우리 집의 남자들은 다 그래. 아버님도 아직 그러신다."

어머니의 이 말씀은 군이 수고스럽게 아들의 양말을 빨아주신 노력에도 불구하고 나의 화만 돋우었다. 결혼 전에 각자 '잘' 살았다고 생각한 호빈의 삶은 사실은 어머니의 손을 빌려 유지됐던 거였다. 어른들은 항상 내가 너무 버릇없고 당돌한 것이 결혼 전에 '무언가'를 덜 배우고 시집와서 그렇다고들 하셨다. 그와 동시에 **'그럼 대체 아들은 결혼 전에 무엇을 덜 배워 저런다는 말입니까?'**라는 물음만 커져갔다.

결혼 전에는 호빈이 가사를 분담할 수 있는 재목인지를 열심히 따지셨던 우리 엄마도 결혼하고 나니 딴소리를 하셨다. "애, 진영아, 호빈이 옷 좀 깔끔하게 잘 챙겨줘. 남편이 저러고 다니면 다 너를 욕해." "아니 왜? 성인인 남자가 옷을 깔끔하게 못 챙겨 입는 게 본인이 아닌 다른 누구의 잘못이라는 거야? 내가 노브라로 다니면 사람들이 저 여자 남편이 누군지 몰라도 마누라 참 칠칠맞지 못하게 방치하네! 이럴 거 같아?" 엄마는 눈을 흘기시며 "남자랑 여자랑 같냐!"라고 쏘아붙이셨다.

시할머니 댁에서 시어른들과 멸치 대가리를 다듬으면서 나는 호빈이 얼마나 주변 관리를 못하는지, 얼마나 가사에 도움을 안 주는지를 얘기했다. 나의 말에 시어른들도 맞장구 치며 '호빈이 너, 결혼했으면 이제 그 정도는 할 줄 알아야 않겠냐'고 따끔하게 한마디하실 줄 알았다. 하지만 나의 예상과는 달리 시어른들은 열심히 호빈의 변명을 하기에 여념이 없었다.

"남자애들은 원래 그래. 다 그렇게 커!"

모두 다 그렇다고 성급하게 일반화할 수는 없지만, 대부분의 남자들은 당연히 누군가의 보살핌에 기대어 살아간다. 그리고 세상이 모두 힘을 합쳐 그런 남자들을 방어해주지만 아무리 생각해도 나는 이해할 수 없다. 우리 세대 대부분의 여성은 남성과 별반 다르지 않게 자랐다. 때때로 오빠나 남동생이 있는 친구들이 간혹 남자 형제와 다른 처우를 받는 것에 대해서 불만을 토로할 때도 있었지만, 오로지 딸이라는 이유로 스스로 밥을 해 먹거나 빨래를 해 입으며 학교를 다니지는 않았다. 호빈과 나는 같은 방식으로 부모님의 보살핌을 받으며 자랐다는 말이다. 우리 부모님 세대 거의 대부분의 어른이 딸이라고 해서 특별히 보살핌을 덜 주고 딸들에게 '뒤치다꺼리 특훈'을 시키면서 키우지는 않으셨을 것이다.

이런 일은 구시대적 사고방식을 가진 일부만의 문제가 아니었다. 호빈과 다니던 부부 상담소에서, 나는 남편과의 이런 문제를 어떻게 다뤄야 하는지 문의해보았다. 나는 계속해서 잔소리하는 사람이 되고 싶지도 않았지만 빨래바구니를 옆구리에 끼고 양말을 모으러 다니는 일이 내 하루 일과가 되는 것도 더 이상 원하지 않았다. 나이 지긋한 상담사는 나의 고민이

별것 아니라는 듯이 "그렇다면 집 안 곳곳에 빨래통을 두면 되지 않느냐"고 했다. 호빈은 얄밉게도 옆에서 고개를 주억거리며 "얘가 좀 융통성이 없어요"라고 하는 것이 아닌가. 손바닥만 한 거실에 여기저기 빨래통을 두는 게 대책이라…. 거기까지였다.

내가 이런 문제를 얘기할 때마다 온 세상이 소리친다.
"남자는 원래 그래요. 잔소리하면서 뭘 그렇게 골머리 썩으시나요? 이제 여성들이 센스 있게 대처할 때입니다!"

모두가 이런 식으로 설명하고 있었다. 전문가의 말도 듣지 않고 너무 독단적으로 사는 거 아니냐고 힐난하더라도 어쩔 수 없다. 나도 원래부터 집안일을 다 알고 태어나지 않았고 집안 일꾼으로 자란 적도 없다. 그저 내 앞에 주어진 몫을 해야 할 순간에 성실히 할 뿐이다. 부부는 당연히 그 몫을 공유하는 것이고 남편이 기꺼이 가사노동을 분담하는 것이 어렵다면 수고하는 사람의 노동이 최소한이 되도록 협조하는 것은 아주 당연한 배려다. 사랑해서 결혼한 부부 사이에서도 이런 배려를 기대할 수 없다면 결혼이 뭐가 특별한 일이란 말인가? 왜 한국 여성이 치졸한 노동과 수고를 이고 지고 결혼을 택해야 한다는 말인가? 나는 그 상담소에 두 번 다시 가지 않았다.

"남편이 아니라 큰아들이야! 큰아들!"

우스갯소리 반 체념 반을 섞어 기혼여성들이 남편을 큰아들에 빗대어 표현하는 것은 여자들 사이에서는 '남편은 남의 편'이란 말만큼이나 상투적인 표현이다. 싸워도 보고, 불만도 표시해보고, 잔소리 할 만큼 해본 인생 선배들은 '남자는 별수 없더라, 그래도 돈 벌어다 주니 그게 어디야' 하면서 주어진 삶을 감지덕지하고 사는 것 같다. 그 대가로 남자들은 무엇을 잃었을까…? 부부 간에 당연히 있어야 할 존중과 한때 따뜻하게 상대를 바라보게 하던 열정을 잃어버린 것이 아닐까?

아이가 태어나고 나면 많은 부부가 그러하듯이, 호빈과 나의 결혼생활도 아이를 중심으로 돌아갔다. 나는 언제나 가사와 육아에 치이다가 시간이 되면 쓰러져 잠들었다. 자연스럽게 호빈과 같이 대화를 나누거나 스킨십을 갖는 시간이 줄어들었다. 호빈은 내가 성욕이 너무 없는 게 문제라고 생각했다.

섹스는 결혼생활에서 매우 중요한 부분인데 내가 섹스를 너무 가볍게 여긴다는 것이었다. 맞다. 부부가 정서적으로 갖는 유대만큼이나 육체적으로 맺는 유대도 중요하다. 다만 부부 간의 섹스도 몸과 마음이 짜릿해야 하는 것이다. 남편이 계속해서 아내의 큰아들처럼 살아도 된다고 생각한다면 아내의 마음이 어떻게 짜릿할 수 있을지 의문이다. 아들에게 성욕을 품는 것은 금기니까 말이다.

밤중 수유를 하던 시절, 나는 해준이가 뒤척이는 소리만 들어도 눈이 번쩍 뜨였다. 그런 나와 달리 옆에서 잠든 호빈은 아이가 악을 쓰며 울어도 코를 골며 잠을 잤다. 그 모습이 얄미워 흔들어 깨워 "오빠, 애기 우는 소리 안 들려?" 하고 물으면, 자기는 전혀 못 들었다고 했다. 나는 여성이 가진 모성애라는 것이 궁금해졌다. 여성에게는 보살핌의 DNA가 내재되어 있는 것인가? 남자는 스스로를 또는 타인을 돌보는 능력이 부족한 존재일까?

남자아이를 키우다 보니 나의 의문은 한층 더 강해졌다. 정말 남자와 여자는 근본적으로 다른 존재인가? 여성이 보살핌을 주는 것에 더 능숙한 존재인가? 어느 정도는 체념하면서 사는 것이 맞는 건가? 내 아들조차도 툭 하면 손에 쥐고 나간 장난감을 잃어버리고, 아무리 가르쳐도 아이의 내복과 팬티를 찾아 집 구석구석을 찾아 헤매는 일이 허다했다. 때때로 미래의 해준이 아내가 "아니, 어머니! 그렇게 남자들 어쩌고 큰소리치시더니 정작 본인 아들은 왜 이 모양이이에요?" 하고 비난하는 게 아닐까 하는 걱정마저 들었다.

복잡한 고민을 끌어안고 친구 집에 놀러 갔다. 나와 같이 유치원생 딸아이를 키우는 친구의 집은 방금 아이의 등원 준비를 한 흔적으로 엉망이 되었다. 거실 구석에 굴러다니는 친구 딸아이의 내복을 보자 생각이 났다. '맞아! 나도 벗어놓은 브라를 방구석에 굴려놔서 고등학생 때 엄마가 브라를 얼굴 앞에 흔들어대며 잔소리를 하셨지…!' 그건 아들의 문제도 아니고 딸의 문제도 아니었다. 보살핌을 받는 존재들이 배워야 할 것을 배우는 과정에 불과했다. 다만 아들도 딸도 가르치지 않으면 모르고 살게 된다는 것일 뿐이었다.

이제 초등학생이 된 해준이는 소파에 앉아 TV를 보거나 앉아서 레고 놀이를 하다가 양말을 벗어 아무 데나 던져놓는다. 어쩌다가 동그랗게 또아리 모양도 만들 줄 안다. "해준아, 양말 벗으면 빨래통에 넣어놔야지. 엄마는 해준이 부하가 아니야. 이런 건 스스로 하는 거야"라는 나의 말에 아이가 당돌하게 따져 물을 때가 있다.

"아빠도 안 하는데 왜 나는 해야 해?"
"왠지 알아? 아빠는 엄마가 안 키웠잖아."

진영이한테 물어볼게

"호빈아, 엄마야. 우리 이번 주말에 서울 가는데 그날 우리 다 같이 ○마트 근처에서 저녁 먹자. 그날 해준이 옷도 사 주고 그러게."

"어~ 주말에? 뭐, 알았어. 진영이한테 물어볼게."

"물어본다고? 그래, 알았어. 다시 연락 줘라."

아마 미혼인 사람들은 이 통화의 문제점이 뭔지 모를 수도 있을 것이다. 혹자는 아내한테 물어본다니 잘한 거 아냐 또는 아내한테 결정권을 주고 잘했네 등으로 생각할지도 모르겠다.

그러나 "진영이한테 물어볼게"라고 아무렇지도 않게 답하는 호빈을 보며 나는 매번 뼈저린 실망을 느꼈다. 결국 저 날의 저녁식사 자리가 성사되느냐 안 되느냐의 문제를 모두 내 몫으로 돌려버린 것이기 때문이었다.

어른들이 '우리 같이 뭐 할래?' 하고 제안하는 경우, 그 속뜻은 그냥 '하자'에 가깝다. 특히 며느리가 거절할 수 있는 경우는 직장에서 야근이나 피치 못할 회식이 있다거나 너무 아파 몸져누운 정도가 아니면 거의 없다. 시할아버지 제삿날을 기점으로 내가 어머니와의 통화를 거부하자 원래 나에게 오던 시어머니의 전화는 호빈을 통하기 시작했다. 나는 이제까지 벌어진 상황을 모르지 않는 호빈이라면 '엄마, 지금은 그럴 상황이 아니야' 등으로 알아서 상황을 정리해주길 바랐다.

그때의 나는 아직 시부모님과 웃으며 식사할 마음의 준비가 안 됐을 수도 있다. 아니면 그날 나에게 중요한 선약이 있을 수도 있고, 작업 때문에 일주일 내내 집에 들어오지 못했던 남편과 오랜만에 오붓한 시간을 보내려고 했을 수도 있다. 원래 '무엇을 하자'고 하는 어른들의 요구는 거절하기 어렵다.

그 당시의 내 감정은 억지 춘향이처럼 식사 자리에 나가 화기애애한 분위기를 연출할 수 있는 상태가 아니었다. 그럼에도 불구하고 '내가 저 식사 자리를 피한다면 먼저 화해의 손을 내민 시어머니를 면박 주는 태도가 되고, 안 그래도 악화된 우리 사이가 한층 더 경색되겠군' 같은 고민까지 해야 하는 상황이 됐다. 사실상 이런 상황에서 내가 고를 수 있는 선택지는 'YES'밖에 없는 것이다. 결국 전화를 끊고 돌아서는 호빈에게 좋게 말이 나오지 않았다.

"오빠, 왜 알아서 똑똑하게 상황을 조율하지 못해? 지금 내 감정 상태가 어떻다는 걸 좀 알면 그런 얘기가 나왔을 때 '엄마, 내가 이번 주말엔 좀 바빠요. 밥은 다음에 먹자' 이렇게 말해서 좋게 상황 정리를 할 수도 있잖아? 내가 지금 싫다고 할 수 있겠어? 나한테 물어보는 게 의미가 있냐고? 내가 싫다고 하면 '아, 그래~ 며느리는 별로구나! 알았다' 하고 상황이 정리가 될 것 같아?"

"아, 그럼 나보고 어쩌라고! 물어보는 것도 못 해? 물어보는 것도 안 되냐고!"

더 이상 싸우기 싫으면 이럴 땐 그냥 입을 다무는 게 상책이다.

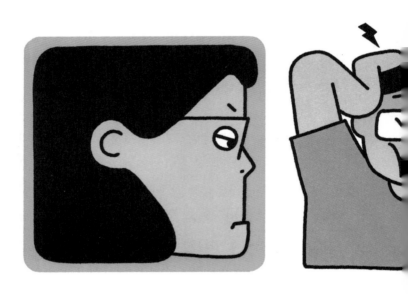

다만 머릿속은 답답함으로 폭발할 것 같다. **'이런 아둔하고 한 심한 녀석 같으니라고!'**

　이런 상황이 반복되자 결국 나는 "그럼 안 나가! 밥 안 먹어! 진영이가 만나기 싫다고 그랬다고 해!"라고 깽판을 쳤다. 결과는 예상대로였다. 만남이 성사되지 않자 시부모님은 대단히 실망하셨고 아들에게 서운한 소리를 하셨다. 호빈이 '진영이한테 물어볼게요'라고 말한 이상 뒤늦게 '아, 엄마 생각해보니까 나 그날 중요한 미팅이 있어서 밥 못 먹겠네'라고 해봐야 부모님의 섭섭한 마음을 달랠 수는 없는 것이었다. 어른들은 이미 '진영이가 싫다고 했구나'라고 확신을 하실 테니까 말이다. '물어보는 것도 안 되냐'며 목소리를 높였던 호빈도 정작 내가 'NO'라는 대답을 내놓으니 '이제 좀! 적당히 좀 하라'며 볼멘소리를 했다.

　내면이야 내가 더 엉망일 수도 있겠지만, 겉보기에 호빈은 어른들 눈에 썩 흡족한 사람은 아니다. 호빈을 사위로 맞은 우리 엄마 눈에는 특히 그랬다. 내 눈에는 호빈의 후줄근한 옷차림, 통통한 몸매, 덥수룩한 머리, 듬성한 수염 등 모든 것이 선호빈이라는 사람을 완성하는 매력적인 요소로 보이지만, 우리 엄마 눈에는 '왜 좀 깔끔하게 하고 다니지 못할까? 저놈의 수염이라도 좀 깎으면 안 되나?' 하는 마음이 항상 있었다. 신혼 시절 친정에 갔을 때, 엄마는 나를 따로 불러 이렇게 말하곤 했다.

"호빈이는 머리도 안 빗고 다니니? 그리고 저 수염, 제발 좀 깎으라고 해라!"

그러면 나는 "왜? 난 귀여운데? 내 남편이 내 눈에만 예쁘면 되지 뭘 그래?" 하고 엄마의 핀잔을 차단했다. 장모에게 외모에 관한 지적을 듣게 되면 민망하고 몸 둘 바를 몰라 할 남편을 배려한 행동이었다. 우리 엄마가 원한다고 해서 머리를 빗고 수염을 깎고 다닐 호빈이 아니기에 그저 장모님 앞에서 장모님의 요구에 마음에도 없는 '네' 대답을 하며 고개를 주억거리기를 원하지 않았기 때문이기도 했다. 독실한 기독교 신자인 우리 엄마가 '사위도 교회에 좀 다녔으면…' 하는 말을 아예 꺼내지도 못하게 한 것도 마찬가지 이유에서였다. "엄마, 오빠 집안은 천주교야. 이미 종교적 배경이 있는 사람한테 그건 좀 아니지 않아?"

나의 원가족으로 인해 배우자가 곤란해지거나 마음 상하지 않도록 배려하는 것은 배우자에 대한 당연한 예의다. 한편 나의 원가족과 배우자의 원만한 관계를 위해서라도 당연히 해야 할 일이다. 나는 그동안 호빈이 이 문제에 대해서 지나치게 안일했고 이제 적극적으로 좀 나서야 한다고 때로는 술잔을 기울이며, 때로는 목청 높여 싸우면서 여러 차례 요구했다. 그때마다 호빈은 '알았다'며 비장하게 고개를 끄덕였지만 실제 상황이 벌어지면 '저거 정말, 왜 저러는 거야?'라는 한탄이 절로 나올 뿐이었다.

'눈치 없는 남편'이라는 다소 복잡한 문구를 검색창에 입력하면 놀랍게도 꽤 많은 양의 검색 결과가 나난다. 대부분 고부 관계에 도움이 안 되는 남편에 대한 불만을 하소연하는 카페 글이나 블로그 기록 등이었다. 속 터지는 남편의 처신을 경험할 때마다 '아니 저런 사람이 사회생활은 어떻게 하는 거야?' 하는 의심을 품는다는 카페 글을 읽으면서, 어쩌면 대한민국 여자들 결혼생활이 참 거기서 거기구나 하며 무척 공감이 됐다. 나도 호빈에게 같은 의문을 추궁한 적이 있기 때문이다.

호빈은 친구가 굉장히 많다. 늘 사람들에게 둘러싸여 일하고 처신도 좋아서 어느 조직에서나 인사이더가 되고 예쁨을 받는 사람이다. 반면에 나는 정말 좁은 인간관계만을 유지하며 평생을 거의 대부분의 조직에서 '겉도는 애'로 살아왔다. 호빈은 그런 나를 '타고난 아웃사이더'라고 부르면서 인간관계에 대한 조언을 하곤 했다. 그러나 내가 보기엔 어머니와 나 사이를 중재하는 호빈의 처신은 무능의 극치였기 때문에 그의 사회생활 능력에 의심을 품었다. "아니 오빠! 오빠는 눈치 빠른 사람이잖아! 대인관계 나보다 잘한다면서? 그런 사람이 왜 어머니 문제에만 '몰랐다, 몰랐다' 이러는 거야? 내가 그 말을 어떻게 믿어?" 호빈은 이런 나의 질문에 자신의 유일한 약점이 엄마라고 궁색한 변명을 한다. 마치 슈퍼맨이 크립토나이트를 만나면 슈퍼파워를 봉인당하듯이 엄마를 만나면 자신의 뛰어난 인간관계 스킬과 센스를 발휘하지 못하는 것이라는데, 과연 그럴까?

나와 시어머니 사이의 분쟁을 대하는 집안 남자들의 태도를 관찰해보니 기본적으로 고부갈등을 여자들 사이의 기 싸움 정도로 치부하고 '이성적이고 점잖은 나랑은 상관없는 일'이라는 태도가 보였다. 자기 문제가 아니라고 생각하기 때문에 사태에 집중을 하지 않고 임기응변식 대응만 하는 것이다. 나는 이런 남자들의 태도 중 가장 극악한 사례가 '엄마 앞에서는 엄마 편, 아내 앞에서는 아내 편'이라고 생각한다. 여자들을 마치 애정 결핍 있는 강아지처럼 대하는 태도 말이다.

그러나 고분고분한 며느리를 원하는 것은 단지 시어머니만의 소망은 아니다. 남편을 포함해 시댁의 모든 구성원, 나아가 한국 사회는 며느리가 궂은일을 묵묵히 참아내며 불편한 내색 없이 주어진 몫을 해내기 원한다. 시어머니는 '도리'라 칭하는 그 '의무'의 대변인이 되어 직접적으로 부딪치는 사람일 뿐이다. 피곤했던 시댁 방문 후, 집으로 돌아가는 차 안에서 남편들이 '이 여자가 지금 기분이 나쁠까, 아닐까'를 가늠하며 눈치를 본다는 것은, 시댁 방문이 아내들에게 마냥 유쾌한 것이 아님을 남편들도 알고 있다는 뜻이 된다. 그런데 어째서 자신이 사랑하는 두 여자가 서로를 미워하고 고통받는 관계를 지속하도록 방치하는 것일까? 같이 팔을 걷어붙이고 아내의 몫이 된 일을 나눠 할 줄 모르는 남편들은 왜 중재라도 성실하게 하지 않는가!

본격적으로 호빈이 어머니와 나 사이의 메신저 역할을 하면서, 고부갈등은 우리 부부 간의 싸움이 되었다. 중간에 끼인 자로서 양쪽의 대변인을 하는 것과 자신이 원하는 것이 어지럽게 교차되면서, 그에게도 무척 힘든 시간이었을 터다. "오빠가 원하는 건 뭐야? 오빠는 이 상황을 어떻게 처리하는 게 서로에게 가장 좋다고 생각해?" "몰라, 나는 원하는 거 없어, 그냥 조용히 살고 싶어."

호빈은 말로는 원하는 게 없다고 하면서도 얼굴을 찌푸리거나 짜증을 내거나 말없이 돌아서면서 내 결정에 대한 본인의 감정을 끊임없이 드러냈다. 내가 시어머니와 부딪히기 전까지 우리 커플은 평온했다. 함께 있으면 항상 웃음이 넘치고 즐겁기만 했다. 영화를 보신 분들은 악을 쓰며 싸우는 우리 모습에 믿기 힘들지도 모르겠지만, 우리는 연애 시절 싸워본 적이 없는 커플이었다. 그렇다면 그녀가 우리 인생에서 손을 떼면 해결될 일이었을까?

아니면 결혼 전 어른들이 조언해주신 대로 내가 안 보고, 안 듣고, 말없이 그냥 흘려보냈다면, 조용하고 평온한 결혼생활

을 할 수 있었을까? 과연 호빈이 어떤 그림을 그리며 나에게
저런 답을 준 건지 그의 속을 알 수 없었다. 다만, 남의 일을 대
하듯 무심하게 겉도는 그의 처신은 나와 시어머니의 관계를
악화일로로 이끌 뿐이었다. 우리 모두는 무언가 잘못돼가고
있었다.

호빈스플레인

[맨스플레인] 맨스플레인mansplain은 남자man와 설명하다explain를 결합한 단어로, 대체로 남자가 여자에게 의기양양하게 설명하는 것을 말한다. 시사 주간지 〈애틀랜틱〉의 기자 릴리 로스먼은 맨스플레인을 "흔히 남자가 여자에게, 설명을 듣는 사람이 설명을 하는 사람보다 많이 알고 있다는 사실을 무시하고 설명하는 것"으로 정의했고, 《남자들은 자꾸 나를 가르치려 든다》의 작가 리베카 솔닛은 일부 남성의 '과잉 확신과 무지함'의 결합으로 일어나는 현상에 속한다고 보았다. 〈위키백과〉

[호빈스플레인] 호빈스플레인hobinsplain이란 호빈hobin과 설명하다explain

를 결합한 단어로, 호빈 스스로 진영보다 당연히 더 많이 알고 있다고 여기는 분야를 자기가 독단적으로 판단한 다음, 상대가 물어보지도 않은 것을 가르쳐주고 지적하는 태도를 말한다. 진영은 이런 현상이 호빈의 '가치의 독점'으로 인해 일어나는 현상이라고 보았다. 〈김진영의 머릿속 대사전〉

　나는 딸이 넷인 집에서 둘째로 태어났다. 딸만 있는 집에서는 내가 설거지를 하고 언니는 하지 않더라도 '왜 언니는 놀고, 나는 설거지를 해?'의 문제이지 '내가 딸이라서 이런 거 하는구나'라고 생각할 여지는 없다. 중학교 때는 남녀 구별 없이 가정과 기술 교과목을 배웠다. 즉, 평등을 교육받은 세대다. 나는 여고를 거쳐 대학교는 한국에서 비교적 성평등 수준이 높은 곳을 다녔다. 졸업 후 혼자 골방에 앉아 고시공부를 하다가 아이를 갖고 호빈과 결혼을 했다. 결혼 전까지는 여자로서의 나의 삶이 특별히 불편하거나 불만인 적이 없었다. 오히려 이렇게 예쁜 핑크색 원피스를 입을 수 없는 남자들의 처지를 안타까워했다. 더운 여름날이면 나풀거리는 핑크빛 원피스를 입고 바람을 맞으며 '이 세상과 나 사이에 팬티 한 장만 있는 기분을 남자들은 절~대 모를 거다' 하며, 여자라서 '햄 볶는' 기분을 만끽하곤 했다.

그런데 '진짜 여자들의 세상'을 만난 건 결혼을 하고 나서다. 결혼을 통해 직접 경험한 '기혼여성의 삶'은 과거의 어느 곳에서 시간이 멈춰 있는 것 같았다.

'우와! 대한민국에서 여자로 사는 거 진짜 X 같네….'

시부모님 문제, 육아 문제, 가사분담 문제 등 부부싸움은 여러 갈래에서 시작하지만 싸움이 무르익으면 항상 같은 공방을 되풀이하게 된다. "너 완전 이상해!" "오빠가 더 이상하거든?!" 부부 간에는 완벽히 평온할 수 있는 결혼생활을 어느 이상한 존재가 망치고 있다는 생각이 드는 것이다. 부부싸움은 이렇게 '정상성의 공방'으로 수렴되는 경우가 많다.

'진영이 너 참 특이하다' 혹은 '진영이 넌 좀 이상한 데가 있어'라는 말은 나를 평생 따라다닌 익숙한 말이다. 우리 아빠는 남들과 똑같이 살면 안 된다는 병적인 강박이 있는 분이라 한참 삐삐(호출기) 바람이 불었던 중학생 시절에 나도 삐삐를 갖고 싶다고 했다가 "남들 다 쓰는 거 네가 왜 쓰냐? 유행을 좇는 건 모자란 사람들이나 하는 짓이다!"라는 얼토당토않은 이유로 혼이 났다. 아빠는 밥을 먹다가도 시사 현안 같은 걸 퀴즈처럼 던져주고 내가 얼마나 독창적인 의견을 내놓는지 주시하셨다. 우리 아빠 같은 사람의 딸로 살아남으려면 갖은 수를 써서라도 특이해져야 했다.

그렇기에 내가 어른들을 대하는 방식이 '이상하다'고 처음 호빈이 말했을 때, 나는 반성 모드였다. '맞아, 내가 좀 이상하긴 하지…. 상식이 좀 부족하긴 할 거야'라고 스스로를 씁쓸하게 바라봤다. 호빈은 보통 어른에게 감정 표시를 하지 않는 게 맞는 거라고 했다. 즉, 어른에게 갖는 기분이 나쁘다거나 원하지 않는다거나 하는 감정은 어차피 표현할 일이 없으니 무용한 것이다. 나아가서 어른에게 뭔가를 요구하는 것은 더더욱 상식 밖의 행동이라는 것이다.

그 말을 듣고 또다시 인내심이 없는 나 자신을 자책했다. 아무리 짜증이 나도 '그렇지…. 왜 그렇게 감정을 통제하지 못하고 문제를 크게 만들었을까? 모든 사람이 나한테 화를 내게 됐네….' 하면서 말이다. 그러나 며느리가 되는 시간은 너무 힘들었다. 어느 정도 참으면 익숙해지고, 그럼 좀 살 만하겠지 싶었지만 상황은 조금씩 더 악화되는 것 같았다.

'그렇게 내가 이상하단 말이야? 그럼 남들은 어떻게 살지?' 하고 결혼과 육아를 하는 여성들의 커뮤니티 카페에 들어가 '고부갈등'과 '시댁문제'라는 키워드를 넣어 검색해봤다. 결과는 놀라웠다. 대부분의 글이 '내가 그렇게 이상한 사람인가요?', '남편이랑 같이 볼 거예요. 누가 더 이상한지 봐주세요' 심지어 '나는 진짜 나쁜 사람인가 봅니다'라는 따위의 글들이 있었다. 많은 여성이 고부갈등 상황에서 남들은 잘 참고 사는데 나는 왜 이렇게 화가 나는지, 나는 왜 이렇게 나쁜 사람인지, 왜 이렇게 이상한 반응을 하게 되는지를 고민하고 있었다. 다른 부부들도 나와 호빈처럼 정상성을 두고 공방을 벌이고 있었고, 많은 여성이 남편들이 제시하는 '다른 여자들'의 인내심에 기가 죽어 있었다.

그 글들을 보면서 내가 그렇게 어른들에게 별나게 군 게 아니라는 걸 알게 되자 호빈에게 크게 배신감이 들었다. 친구도 별로 없고 지혜로운 조언을 해줄 이도 곁에 없이 육아와 가사로 집안에 고립되어 외롭고 어리둥절한 나에게, 호빈은 상식도 뭣도 아닌 그저 자기 혼자 방편처럼 휘둘러온 처세술을 진실인 양 설파하고 있었던 거였다.

'시월드'라는 세상의 문제점은, 현실세계와 심각하게 괴리된 곳에서 시간이 멈추어 있다는 것이다. 아무리 어른이라도 요즘 직장에서 나이 어린 여자 신입사원에게 "미스 박~ 커피 한잔 타 와요"라고 했다간 단번에 구설에 오를 것이다. 또 회식 자리에 가서 "신입 여사원들, 애교 한번 떨어보세요"라고 했다간 여사원들의 싸늘한 시선을 직면해야 할 것이다. 어른들이 아무리 어린 여자를 얕잡아 본다고 한들, 그걸 입 밖으로 내기 어려워진 것이 요즘 사회의 분위기다. 그런데 시월드는 다르다. 어른 네 사람이 앉아 밥을 먹는 상에서, 누구나 손만 뻗으면 물을 따라 마실 수 있는데 어른들에게 나는 물을 따라 드려야 했다. 물을 따르지 않고 가만히 있으면 옆구리를 쿡쿡 찌르면서 눈치껏 하라는 재촉을 받는다. 그러니 당연히 나는 의문이 가지지 않겠는가? **'이걸 왜 제가 굳이 해야 해요?'** 끊임없이 시부모님에게 애교를 좀 부릴 것을 요청받았지만 '왜 제가 그래야 하나요?'라는 말이 저절로 튀어 나왔다. 나는 때로는 애교가 많은 사람이지만 내키지 않는 상황에서도 자판기처럼 애교를 뽑아낼 넉살은 없었다.

호빈이 미워졌다. 내가 네 살 먹은 아들 입에 밥을 떠먹여 주는 것도 못마땅해하는 호빈이 예순이 넘으신 시아버지에게 물을 따라드려야 한다고 강요받는 이 상황은 아무렇지 않다고 생각하며 멀뚱히 보고만 있다는 사실에 몹시 화가 났다. 불만을 토로하는 나에게 그 정도는 다들 하는 건데 넌 대체 왜 그러냐고 타박하는 남편이 점점 미워졌다.

호빈은 무척 진보적인 사람이다. 사회와 정치 문제에 관심도 많고 내가 간과하는 사회 곳곳의 소외된 영역에 대해서 열린 시각을 가지고 있는 사람이다. 또 사회가 변화해야 하는 이유와 그 가능성을 역설하는 사람이다. 그런 그 덕분에 나도 편협하고 이기적인 시야를 넓힐 수 있었다는 점에서 항상 그를 존경해왔다. 때로는 급진적인 변화를 추구하는 그의 입장 때문에 보수적인 나는 정치 문제로 부딪혀 입씨름을 벌일 때도 많다. 우리는 종종 정치 이야기를 하면서 싸운다. 아이러니하게도 호빈은 자신의 삶에 직접적으로 변화가 필요한 상황에서는 무척 보수적이었다. 현실이 바뀔 리 없다고 체념하고, 내가 하는 어떤 시도도 그저 소란을 만드는 불편한 것으로 취급했다. "네 말이 맞아. 무슨 말인지 알겠어. 근데 세상은 그런 방식으로 돌아가지 않아! 맞는 말대로 굴러가지 않는 게 세상이라고!" 그런 호빈이 나에게는 악덕 공장장에게 충성하며 노동자를 탄압하는 십장처럼 느껴졌다. 나는 호빈이 그런 소리를 할 때마다 '입진보'라며 호빈을 비난했다.

'왜 상황의 정상성에 대한 판단을 오빠가 지배하느냐?'라는 나의 문제 제기에도 불구하고, 고부관계를 둘러싼 우리의 싸움에서 나는 끊임없이 나의 행동과 판단을 정당화해야 했다. 얼마나 상황이 부당했으며, 내가 얼마나 화가 났기 때문에 이러한 행동을 할 수밖에 없었는지에 대한 해명을 반복해야 했고 호빈은 그런 내 행동이 정당한지 아닌지, 받아들일 만한지 아닌지를 평가했다.

지난해 여름, 나 없이 아이와 부모님 집에 갔던 호빈은 아버지와 싸우고 돌아왔다. 호빈은 씩씩거리며 "아버지가 사과할 때까지 절대 안 보겠어!"라고 했다. 나는 호빈에게 "그래, 잘해봐요. 이 일을 잘 풀면 오빠랑 아버지 사이가 좀 더 발전할 수 있을 것 같아"라고 말했다. 그때 불현듯 '아니…, 잠깐, 이게 뭐야? 이거 뭔가 데자뷔인데?!' 싶었다.

생각해보니 시어머니와 싸웠을 때, "어머니한테 사과받기 전까지는 안 볼 거야!"라고 말했고, 그때 호빈은 거칠게 나를 비난했다. 나는 그 상황이 얼마나 나에게 상처였고, 왜 안 보는 게 좋은 방법인지를 해명해야 했다. 실제로 시어머니와 보지 않고 지내는 기간 동안 호빈과 나의 부부관계는 냉랭한 살얼음판이었다. 나는 갑자기 화가 나서 호빈에게 시비를 걸었다.

"오빠, 나는 솔직히 오빠가 아버님이랑 싸운 것, 잘 이해는 못 해. 아들과 아버지 간의 그런 긴장상태는 내가 이해할 수 있는 성질의 것이 아니야. 그래도 나는 오빠의 판단을 존중하고 그래서 오빠가 선택한 방법을 지지해줄 수 있어. 근데 오빠는 나한테 왜 그렇게 하지 못하는 거야? 왜 나는 항상 오빠한테 내 판단에 대해 해명해야 하는 거야? 왜 내 결정을 그 자체로 존중해주지 못하는 거냐고?"

"갑자기 왜 시비를 걸고 난리야?! 그만해라."

방어적인 호빈의 태도에 나는 계속 딴지를 걸며 호빈을 닦달했다. 아마 그날 밤 호빈은 무척 짜증이 났을 것이다. 그래도 내 생각은 변함이 없다. 결혼은 개인의 특별한 선택의 결과물이다. 세상 모든 여자들이 당연한 것으로 여기고 아무렇지 않게 해내는 일이 있다고 해도 내가 선택한 사람이 못 견뎌 하고 원하지 않는 일을 억지로 하게 할 수 없다. 당장은 불편하고 남들의 지지를 받지 못하는 일이라도 부부 둘만은 서로를 지지하고 응원해주는 사이기에, 사업에 실패해 빈털터리가 된 남편을 격려하며 같이 살기도 하고 암에 걸려 병상에 누운 아내를 간호하면서도 살아갈 수 있는 것이다.

호빈에게 듣고 싶은 말은 '네 말이 맞다'라는 맞장구가 아니다. 내가 원한 것은 지지였다. 내 결정을 그 자체로 존중해주는 태도였다. 세상을 떠도는 '상식'에 대한 장황한 설명이 아니었다.

요즘 호빈은 운전하는 내 옆자리에 앉아서 잔소리를 해댄다. 내가 차선을 바꾸는 방식이나 좌회전하는 방식이 적절하지 않다며 자동차 천장에 달린 손잡이를 부여잡고 불안에 떨

면서 시종일관 지적을 한다. 그러나 오늘날까지 나는, 무사고
에 딱지 한 번 안 떼본 모범 운전자다. 내 몰상식보다는 호빈
의 불신이 문제가 아니었나 싶다.

왜 싸우면 너만 나가는 거니?

작년 가을에 토론회장에 초대된 일이 있었다. 토론이 시작되고 첫 번째 연사가 의견을 말했다. '이런, 내 생각과는 다르다!' 가슴이 쿵쿵 뛰었다. 온몸의 모공이 활짝 열리는 것만 같았다. 얼굴에 홍조가 번지는 것이 느껴졌다. 그런 몸의 변화와 동시에 머릿속에 반격할 말들이 시구절을 뽑아내듯 정렬되는 것이 느껴졌다. 맙소사! 나는 못 말리는 싸움꾼이다.

호빈과 나의 부부싸움은 매번 비슷한 양상이었다. 뭔가 문제가 있다고 느끼는 건 항상 내가 먼저였다. 그럴 때마다 나는 호빈에게 왜 이런 문제가 생기는지, 해결책이 뭔지 따진다. "오빠 생각은 뭐야? 오빠 생각은 어때?" 그러면 갑자기 호빈은 몸도 마음도 뒷걸음질치기 시작한다. 그의 얼굴에 피로감이 잔뜩 몰려온다. "왜 또 시작이야? 지금 말고 나중에 하자." 그래도 나는 거기서 멈추지 않는다. 지금까지의 경험상 그가 말한 '나중'이란 절대 오지 않는다는 걸 알기 때문이다.

"나중에 하자고! 지금은 아니야!"

"그럼 나중이 언젠데? 내일? 모레?"

이 정도 대화가 진행됐을 때 내가 그만두지 않으면 큰 싸움이 된다. 언성이 높아지고 누가 이렇게 상황을 나쁘게 만들었는지, 둘 중에 이상한 사람이 누구인지의 공방으로 흘러가는 것이다. 그럴 때면 호빈은 가방을 싸 들고 집을 나갔다. 그는 몇 시간 내에 돌아올 때도 있었고, 이삼일이 걸릴 때도 있었다.

부부 간의 대화는 사실 본질은 비슷하다. 각자가 가지고 있는 캐릭터란 것이 크게 변하지 않으므로 서로 같은 지점을 끊임없이 못마땅해한다. 그래서 부부싸움에 단골로 등장하는 비난은 '내가 말했지! 지난번에도 말했지! 이런 거 정말 싫다고 말했지!"와 같은 말이다. 여자의 특성인지 나의 특성인지 확언할 수는 없지만, 내가 인터뷰해본 많은 부부의 경우도 별반 다르지 않았다. 여자는 문제를 인지하면 그것을 이야기하고 해결하고 싶어한다. 남편과의 사이에 놓인 긴장상태를 버거워하고 빨리 해소하려는 마음이 크다. 엄연히 성인인 남편에게 내 마음대로 이래라 저래라 명령할 수는 없다고 생각하니 일단 묻는다. "당신 생각은 어때?"

반면에 남편들은 일단 날이 선 대화는 피하고 싶어한다. 직장에서 피곤한 하루를 보내고 와서 집에서까지 곤란을 겪고 싶어하지 않는다. 게다가 아내가 문제라고 하는 것은 도무지 문제랄 것이 없는 일이다. 얘기한다고 해결할 수 있는 것도 아닌 것 같다. 괜히 이 여자가 뭔가로 스트레스를 받으니 그것을 풀기 위해 괜한 꼬투리를 잡아 구박하는 것 같다. 그래서 보이지 않는 곳으로 피한다. 컴퓨터가 있는 방으로 들어가 버리거나 담배를 들고 나가 밤거리를 배회하다가 느지막이 집으로 돌아오거나 최악의 경우에는 집을 나가버리는 것이다.

　왜 집을 나가는 걸까? 나는 내 주변의 몇몇 커플을 인터뷰해보았다. 남자만 나가는 건 아니었다. 어떤 커플은 여자가 나가기도 한다. 나가는 사람들의 말에 따르면 집 안에 같이 있는 것이 도움이 안 되기 때문이란다. 감정이 너무 격해 있을 때 서로 잠깐 머리를 식힐 감정적 공간을 갖는 것이 필요하다는 것이 이유였다. 아주 틀린 말은 아니다. 나도 너무 화가 날 때는 잠시 시간을 갖고 감정을 추스르려고 노력한다. 그럴 땐 입을 열어 봤자 상대에게 상처 주는 말이 나오기 십상이다. 그래서 일단을 입을 다물고 감정을 다스린다. 부부 간에 무의미한 상처 주기는 정말 피해야 하는 일 중에 하나다. 그러나 나는 오만 가지 해결책 중에서 문제를 떠나버리는 행동이 결국 해결에 어떤 도움이 되는 건지에 대해서는 의문이 든다. 많은 경우에 문제를 떠난 사람이 다시 문제를 직면하는 일은 드물기 때문이다. '나중에'를 반복하면서 요리조리 문제를 피해 다닌다. 그렇게 집을 떠나고 방문을 닫아 버리면 문 뒤에 남겨진 사람은 어떻게 하라는 건가? 남겨진 사람의 심정이 어떤지 정말 모르는 걸까?

호빈이 집을 나가고 나면 나는 어린 해준이와 둘만 남는다. 호빈은 항상 자신은 기분을 풀러 나가는 것이 아니라 집에 있는 것이 서로에게 너무 불편하니 나가는 거라고 했다. 집을 나가는 사람의 의도가 어찌 됐건 간에 분쟁의 온상인 집을 떠난 사람은 그 장소를 떠나는 것으로써 감정을 해소할 수 있다. 나가서 혼자 버스를 타고, 야경을 보고, 카페에 홀로 앉아 커피 한잔을 마시며 머리를 식히고 기분을 전환할 것이다. 그런데 집에 남겨진 사람은 어떤가. 어질러진 집을 둘러보고 싸움의 잔해를 정리한다. 아직은 우울한 엄마의 기분을 배려할 줄 모르는 어린 아기와 둘만 있는 공간에서 어찌 됐건 간에 존재하는 집안일을 해야 한다. 그리고 심심해하는 아기를 돌보다가 잠자리에 들어야 한다. 남겨진 사람의 감정은 화나고 상처를 받은 곳에서 멈춰버린다. 떠난 사람에게 버림받았다는 모욕감마저 든다.

호빈이 집을 나간 밤에, 나는 침대에 모로 누워 훌쩍거렸다. 작게 흐느끼던 것이 큰 울음이 되자 해준이가 잠에서 깼다. "엄마, 왜 그예?" 어린 해준이가 내 어깨를 토닥토닥 두드려 줬다.

호빈은 대체로 사흘 내에 집으로 돌아온다. 집에 돌아온 그는 홀가분하기도 하고 죄책감이 떠오르기도 하는 미묘한 얼굴을 하고 있다. 한 손에는 내가 평소에 키우고 싶다고 한 햄스터나 새콤달콤한 레몬 케이크 같은 게 들려 있었다. 결과적으로 나와 호빈의 관계에서, 호빈이 집을 떠난 며칠이 서로의 감정을 식히는 데 도움이 됐냐 하면 적어도 나에게는 절대 아니었다. 나는 혼자 남겨진 시간을 알차게 쓰기로 했다. 나는 우리의 언쟁을 복기하며 열심히 섀도복싱을 했다. 원래 호빈이 잘못했다고 생각한 것에다 아이가 있는 가장이 집 안에 있는 가사와 육아의 짐을 모두 아내에게 떠맡기고 혼자 밖으로 나돈 것에 대한 비난을 더해 집에 들어오자마자 날릴 핵주먹을 단련하는 것이다.

집에 들어온 호빈은 초등학생처럼 내 앞에 앉아 쏟아지는 비난을 들어야 했다. 어떤 것보다도 내가 그에게 묻고 싶은 것은 "오빠, 어떻게 어린 아기가 있는데 집 나갈 생각을 해? 오빠가 나가면 나는, 내 감정은 물론 아이를 포함해 남겨진 모든 걸 다 혼자 감당해야 한다는 생각 안 해봤어? 나는 화나면 소리 지르고 성질부리고 이것저것 할 수 있어도 어린 아기를 놓고 나가는 건 상상도 못 해. 아예 내 선택지에 없어."

나의 질문에 호빈은 납득할 만한 답을 한 적이 없다. 본인도 분이 안 풀렸을 때는 "그럼 너도 나가든가!"라는 소리를 하기도 하고, 이번엔 내가 한 수 접어야겠다 싶을 때는 그냥 "미안해"라고 사과하기도 했다.

또다시 크게 싸운 후에 호빈이 집을 나갔다. 이번에는 나도 나가 봤다. 나의 가출은 그렇게 홀가분하지 않았다. 아기 띠에 해준이를 업고 아기 옷과 기저귀와 장난감을 넣은 가방을 양손에 싸 들고 언니 집을 찾아갔다. 화려한 강남 한복판에서 나와 해준이는 갈 곳이 없었다. 결국 우리는 언니의 집 안에서 무료한 시간을 보냈다. 아기의 짐을 챙기느라 내가 갈아입을 옷은 전혀 챙기지 못했고 넉넉히 챙겨온 줄 알았던 해준이의 기저귀가 점점 바닥나고 있었다. 나는 이틀을 넘기지 못하고 집으로 돌아갔다. 문을 여니 고양이들이 징징거리면서 달려 나왔다. 그리고 호빈이 돌아와 있었다.

그 후로 호빈은 자신이 집을 나가는 것이 우리 부부에게 '쿨링'의 기능을 전혀 하지 못한다는 것을 깨달아서인지 더 이상 집을 나가지 않는다. 그렇다고 문제를 피하려고 하는 태도를

숨겨온 B급 메느리 생활

바꾼 것은 아니다. 이야기가 원치 않는 방향으로 흘러간다 싶으면 한 손에 담배를 쥐고 베란다로, 마당으로 부지런히 도망 다닌다. 호빈은 내가 타고난 싸움꾼이라는 것을 잊었나 보다. 과거의 실패는 나에게 고스란히 학습 효과를 남겼다. 나는 호빈이 담배를 피우고 돌아올 때까지 멀뚱거리며 앉아서 기다리는 사람이 아니다. 나는 베란다로 도망간 호빈을 쫓아갔다.

"저리 가! 저리 가라고! 담배도 못 피우냐?! 좀 가서 기다려!" 호빈이 억지로 베란다 문을 닫으려는데 내가 베란다 문틈 사이에 발을 끼웠다.

"오빠 내 시간 전세 냈어? 나는 얘기를 계속하고 싶은데 왜 양해도 구하지 않고 자리를 뜨는 거야?!"

"어휴! 어후! 짜증 나!" 이렇게 집요하게 구니 호빈도 피할 재간이 없어져버렸다.

글을 쓰면서 나는 다시 호빈에게 물었다. 집을 나가는 행동이 회피이고 이기적인 행동이라고 생각하지 않느냐는 질문에, 호빈은 극구 부인했다. 일단 집에 있는 것이 서로에게 너무 불편하기 때문에 집을 나가는 것이고 나간 사람도 편한 것은 아니라고 했다. 그렇다. 나간 사람도 바깥을 떠돌아야 하므로 불편한 점이 분명 있긴 할 것이다. "그런데 아기는? 나가면서 아기 생각은 안 해?"

솔직히 고백하면 그 순간에 아기 생각은 하지 못한다고 했다. 남자는 아기를 두고 집 밖에 나가서 생활하는 것이 익숙하기 때문에 나가는 순간에 아기의 존재가 발목을 잡지는 않는다고 했다. 나가면 보고 싶기는 하지만 말이다. 나쁜 놈이다. 육아를 건성으로 하니 저런 말을 할 수 있는 것이 아닌가.

"게다가 돌아와서 적극적으로 문제를 해결하려고 하지도 않잖아? 항상 먼저 얘기를 꺼내고 사과를 하든지 받든지 하는 건 나였잖아? 그런데도 회피가 아니라는 거야?"

가벼운 저항이 있었지만 마침내 호빈은 나가는 행동에 회피의 측면이 일부 있다는 걸 인정했다. 그래도 더 큰 이유는 서로 불편하지 않기 위해서라고 했다. "그렇다면 내가 집 나갔을 때 알지? 언니네 집에 있었을 때? 그때 돌아와 보니 집이 비어 있었잖아. 텅 빈 집에 돌아오니 기분이 어땠어?"

"…위기의식을 느꼈지. 우울하더라…."

호빈은 같은 공방을 반복하는 우리의 언쟁이 무의미하다고 여긴다. 그 생각은 지금도 변함없다고 했다. 오늘 싸워도 어차피 언젠가는 또 싸울 것이고, 그렇다면 열심히 피해서 안 싸우고 넘어가면 되지 않겠냐고. 우리는 결혼 후 8년 동안 같은 공방을 했다. 호빈은 내가 고집이 세고 독선적이라고 했고(그건 솔직히 인정한다), 나는 호빈이 매사에 자기주장이 불분명한 것이 답답하다고 했다. 그러나 우리의 싸움은 질적으로 성숙하고 있었다. 신혼 시절 우리의 싸움이 서로를 비난하고 목소리 높이기에 급급했다면, 지금의 우리는 싸울 때에도 목소리 가다듬고 의미 없는 비난은 자제하고 있다. 비록 흥분한 순간에는 자신을 변호하고 자신의 잘못을 축소하지만 다음번에는 상대가 지적한 것을 조심하게 됐다. "엄마, 아빠, 혹시 또 싸우는 거 아니냐"는 해준이의 추궁에 "아니야. 이건 논쟁이라는 거야. 지적으로 성숙한 사람들이 서로 의견을 교환하는 과정이지"라고 말하면 해준이가 믿어줄 정도다. 나는 부부싸움의 핵심은 안 하는 것이 아니라 반복할수록 성숙하는 것이라고 생각한다.

어린 시절, "아빠가 틀렸고 내 말이 맞아." 하며 아빠에게 대들 때가 있었다. 버릇없어 보였을 텐데도 내가 울지 않고 조리 있게 주장을 펼치면 아빠 내 등을 탁탁 두드려주시면서 "자알~ 했어!"라고 해주셨다. 칭찬에 인색한 아빠에게 이 정도면 최고의 찬사였다. 아빠 덕분에 파블로프의 개처럼 학습이 됐는지 나는 내 생각을 실컷 쏟아내고 나면 기분이 너무 상쾌해졌다. 호빈과 티격태격 싸우고 마무리까지 성공하고 나면(여기서 마무리란 것은 논쟁을 통해 잘잘못을 가려 내가 사과를 하든지 호빈의 사과를 받든지 분란을 해소한 상태를 말한다) 일등 복권을 손에 쥔 것처럼 만사가 형통할 것 같은 에너지가 몸에 솟구쳤다. 그러면 나는 노래를 흥얼거리며 요리를 하고, 호빈의 배를 톡톡 두드리며 "오빠 걱정 마~ 다 잘될 거예요~!"라면서 즐거워했다. 그리고 완성한 요리를 먹으라며 호빈 앞으로 톡톡 밀어댄다. 한바탕 싸움으로 몸도 마음도 지쳐버린 호빈은 "뭐 저런 미친 여자가 다 있어? 끄응~" 하며 한탄한다. 그렇다. 호빈에게는 애석한 일이지만 나는 타고난 싸움꾼이다. 결혼한 여성이라면 누구나 시댁 식구들과의 불편한 경험을 떠올리며 이를 악물어본 적이 있을 것이다. 내가 왜 나를 지켜내지 못했는지 가슴을 치며 후회해본 적이 있을 것이다. 싸울 수 있고 문제가 있을 때 거침없이 부딪히고 싸우라고 말하고 싶다. 살아보니 그 편이 나와 가족의 평화에 더 도움이 됐으니 말이다.

남편들아, 아내에게 부탁을 해라

시할아버지의 제사 이후, 어머니와 몇 차례의 협상을 시도했다. 우리는 가족 정상회담이라도 열어 합의점을 찾으려고 했지만 매번 파국을 맞았다. 나는 요지부동인 시부모님의 태도에 실망했고, 시부모님은 혁명가처럼 '인간 김진영'의 권리를 이야기하는 며느리를 보며 뒷목을 잡고 자리를 뜨셨다. 결국 나는 시부모님과의 어떤 만남도 거부했고 호빈은 그의 영화 속의 내레이션과 같이 탁구공처럼 홀로 대전과 서울을 오가야 했다.

호빈이 대전을 다녀온 날 밤이었다. 호빈은 무척 지쳐 있었다. 어머니는 모두를 원망하며 우시고, 아버지는 한숨을 내쉬며 돌아앉으셨다. 호빈은 뭐라 할 말이 없어 고개를 푹 숙이고 있고 그렇게 내내 우울한 시간을 보내다 무거운 마음을 안고 집으로 돌아온 것이다. 지친 호빈은 나와 술 한잔을 기울이며 이야기를 나누다가 갑자기 부엌으로 달려가더니 별안간 내가 애지중지하는 고구마 상자를 부엌 구석에 패대기쳤다. 갑작스러운 호빈의 행동으로 어리둥절한 내 눈에 산산조각 나 바닥에 굴러다니는 노란 속살의 고구마들이 눈에 들어왔다. 그 옆에는 봄부터 공들여 키워온 제라늄 화분이 고구마 상자에 부딪혀 만신창이로 바닥에 굴러다니고 있었다. 호빈은 훌쩍훌쩍 울기 시작했다.

너무 황당했던 나는, "갑자기 뭐하는 짓이야! 불만이 있으면 말로 하면 될 것 아니야!" 하고 화를 내며 소리쳤지만 실은 나도 그의 행동의 의미를 잘 알고 있었다. 호빈은 두 여자의 싸움이 지긋지긋하니 제발 좀 그만두라는 말을 하는 것이었다. 하필이면 내가 애지중지 아껴 먹던 고구마를 산산조각 내면서 말이다. 하루하루 즐겁게 맛보던 달콤한 고구마가 사라져버렸듯이 호빈과 나 사이에 있던, 달달했던 무언가가 사라져버린 듯했다. 그즈음의 우리에게는 달콤함이라고는 찾아볼 수 없었다. 연인이었던 호빈은 달달했는데 남편이 된 호빈은 도무지 달콤함이 없었다. 이제 고구마도 산산조각 났으니 더 이상 달콤할 것도 없었다.

며느리에게는 명령하는 사람이 많다. 때로는 반어법을 사용하기도 하고 웃는 낯으로 '할래? 말래?' 같은 선택지를 주기도 하지만 거부할 여지가 없으니 사실상 명령이나 마찬가지다. 나는 계속해서 쌓이는 며느리가 해야 할 일들에 진저리가 났다. 그것들이 왜 내가 '할 일'인지 근거가 없기 때문이다. 내가 아는 상식의 세계에서는 만약 상대방이 나와 통화를 하고 싶다면, '전화 좀 해줄래?'라고 하는 것이 맞다. 그런데 며느리에게는 '너 왜 전화 안 하니?' 이런 식이다.

하나 예를 들면, 시댁의 설거지는 원칙적으로 시부모님의 몫이다. 만약 내가 하길 바라신다면, '얘, 내가 좀 힘들어서 그런데 네가 좀 해주겠니?'라고 해야 맞다. 그러면 나도 흔쾌히 할 수 있을 것이다. 그렇게 어려운 일도 아니고 심지어 설거지는 내가 좋아하는 집안일이기도 하다. 그러나 현실은 '말 안 해도 당연히 해야 할 일을 왜 저렇게 당당히 안 하는 거야?'라는 식이다. 며느리가 되자 도통 사람들이 나에게 부탁할 줄을 모르게 돼버린 것이다.

남편도 다를 바 없다. 내가 위와 같은 이유를 대며 시부모님이 나를 대하는 태도에 대해 불쾌감을 표시하면, "네 말이 맞아. 알겠어. 근데 너무 피곤해. 어른들은 어차피 바뀌지 않는데 그렇게 매번 문제를 만들어야 해?"라면서 나를 나무란다. 차라리 엄마가 살아온 인생이 안쓰럽다고 말하는 것이 그나마 나에겐 양해를 구하는 것처럼 들린다.

저런 주장쯤은 대번에 엎어 치기 할 수 있다. 내가 보기에 그의 주장에는 두 가지의 중대한 허점이 있었다. 하나는 그가 어머니를 불쌍하다고 생각하는 점이다. 어머니가 자식과 남편을 돌보며 살아오신 인생이 안쓰럽다고 생각하는 것은 무척 오만한 태도라고 생각한다. 어머니의 인생은 그녀의 선택이다. 그녀가 남들에게 인정받을 사회적 커리어가 없거나 통장에 쌓아놓을 금전적 이익을 직접 창출하지 못했다고 해서 왜 그녀가 살아온 인생까지 무용한 것으로 쉽게 단정 짓는 것인가? 정작 자신은 그 보살핌 덕분에 오늘날까지 살아왔으면서 말이다. 무엇보다 심각한 것은 어머니가 살아온 인생에 측은한 마음을 품고 있다면 왜 아내의 인생을 같은 지경으로 몰아대는 것인가 하는 것이었다. 단지 순간을 조용히 넘어가기 위해서 납득되지 않는 며느리의 삶을 인내하고 나면, 훗날의 내 인생이 본인의 어머니 인생과 무엇이 다르겠냐는 말이다.

다른 하나는 가족의 평안을 위해서 나에게 불편을 감수하라는 것이라면, 나에게 '부탁'을 하는 것이 최소한의 매너가 아니냐는 것이다. 그는 좀처럼 '진영아, 지금 상황이 이러하니 이번만큼은 이렇게 좀 해줄래?'라는 부탁을 한 적이 없다. 어머니의 요구사항을 전하고 내가 못마땅해하면 고집 센 두 여자들을 지긋지긋해했다. 그때마다 나는 소리쳤다.

"최소한 부탁을 해! 부탁을 하란 말이야!"

솔직한 심정을 말하자면 정중한 부탁을 해도 들어줄까 말까인데 대체 왜 '부탁'을 하지 않는 것인지 이해할 수가 없었다. 나는 호빈을 관찰하면서 내 나름의 결론을 내봤다. 우리는 성장하면서 지켜본 부모님의 결혼생활을 지침 삼아 자신의 결혼생활을 해나간다. 부모님의 결혼생활은 본이 되기도 하고 반면교사가 되기도 하며, 다양한 방식으로 자식의 결혼생활에 영향을 준다. 호빈도 자신이 경험한 어머니의 삶을 통해 아내의 입장을 판단했다.

시부모님 앞에서는 주어진 며느리의 역할을 묵묵히 수행하다가 집으로 돌아가는 차 안에서 열심히 아버지를 닦달하는 어머니의 모습이 익숙한 그에게 '며느리의 고충'은 결혼한 여성이 당연히 감수해야 하는 몫이라는 게 본능적인 반응이었던 것 같다(다만, 타고난 나의 성격상 문제의 당사자가 아닌 남편에게 화내는 것은 차마 할 수 없었다. 자신의 아버지와 달리 집에 돌아가는 길에 구박당하는 고충을 피할 수 있었으니 호빈은 정말 고마워해야 한다).

한국 사회의 가부장적 질서에서 수혜자의 입장에 있던 남자들은 아내가 아무리 설명해도 아내가 겪는 부조리와 고충이 어떤 것인지를 마음 깊이 공감하지 못한다. 그렇기에 본인의 어머니가 기꺼이 감수해온 여성의 삶을 거부하는 아내에게 일단은 반감을 갖게 된다. 호빈도 머리로는 이해하는 가족 내부의 부조리를 마음으로는 공감하지 못하는 듯했다. 그리고 마음 한편에는 한평생 며느리의 삶을 인내하고 살아오신 어머니가 며느리로 인해 그녀가 살아온 삶을 부정당한다는 사실이 안쓰럽다고 느끼는 듯했다. 일견 남편들의 입장이 이해가 가기도 한다. 솔직히 나도 우리 엄마가 살아오신 삶에 대한 안쓰러움이 있다. 나 같은 며느리 때문에 우리 엄마가 마음고생을 한다면 더욱 그럴 것이다. 그러나 어머니의 삶을 통해 수혜를 누린 이들은 그 남편과 자식들이다. 아들이 엄마의 인생이 안타깝다고 느꼈다면 보상을 해야 할 사람도 그 자신이다. 시어머니의 인생 내력을 알지 못하는 며느리는 적어도 응당 그런 보상을 해줄 수 있는 사람이 아니다. 만약 며느리로부터 보상을 받는 것이 순리라면 딸만 있어 며느리를 볼 일이 없는 우리 엄마 같은 사람은 누가 달래줘야 하냔 말이다.

　나 같은 여자가 옆에 붙어 오랫동안 세뇌하다 보니 호빈도 드디어 마음이 반응하는 경지에 오른 것 같다. 영화 상영 후, 저런 아내 때문에 힘들었겠다는 한 어르신 관객의 질문에 "요즘 며느리들이 겉으로는 어떤 표정을 하고 있건 간에 머릿속은 진영이랑 별반 다르지 않을 겁니다"라고 대답했다. 그 말을 하는 호빈에게서 단내가 풀풀 풍기는 듯했다. 왠지 호빈이 다시 달달해지는 기분이 들었다.

　오랜 분쟁 끝에 나와 시부모님은 마침내 평화 상태를 갖게 됐다. 비교적 안정된 관계를 유지하고 있었는데, 올해 초에 호빈의 갑작스러운 제안으로 우리 관계에 미묘한 파동이 일었다. 1월에는 돌아가신 시할머니의 기일이 있다. 기일에는 할머니를 모신 납골당에 모여 남편 집안의 가족들이 예배를 드리는데 시아버지는 당연히 아들의 가족 모두가 기일에 모인다는 것을 전제로 약속을 잡으려고 하셨다. 그런데 그 순간 놀랍게도 호빈은 "그냥 선씨들만 가면 되지 진영이까지 갈 필요는 없잖아요?"라며 운을 뗐다. 아버님은 못마땅하신지 대답이 없으셨다. 어른들에게 굳이 껄끄럽고 불편한 이야기를 하지 않는 호빈이 이런 얘기를 먼저 꺼냈다는 사실에 나는 무척 놀랐다. 사실 할머니의 기일에 참석하는 것은 나에게 굳이 마다할 이유가 없는 일이었다. 그래도 나는 가타부타 말을 하지 않고 가만히 있었다. 호빈이 어떻게 이 문제를 마무리 짓는지 보고 싶었기 때문이다.

　할머니의 기일이 다가오자 호빈은 은근히 너는 어떻게 하고 싶냐고 내 의견을 물어왔다. 솔직히 속마음을 말하자면 가볍게 교외에 나들이하는 마음으로 같이 다녀오는 것도 상관없었다. 그래도 짓궂게 확답을 피했다. "나는 안 가도 되는 거 아니었나요?"라면서 말이다. 그러면 호빈은 "네가 오면 부모님이 좋아하시겠지…"라며 말끝을 흐렸다. 과거의 경험에 비추어 '그냥 같이 가자'라고 했다가는 내가 난동이라도 부릴 것 같아 말을 빙빙 돌리는 것 같았다. 시부모님은 호빈에게 전화를 걸어 "진영이는 오는 거냐, 안 오는 거냐?"라며 추궁하셨고 호빈은 쩔쩔매고 있었다. 이러지도 저러지도 못하고 곤란해하는 호빈이 안쓰러워 결국 같이 길을 나섰다. 그냥 나에게 부탁만 했으면 된다는 것을 그는 정말 모르는 걸까?

호빈의 할머니는 2년 전, 새해가 얼마 지나지 않은 추운 겨울날 돌아가셨다. 나는 시할머니를 뵐 기회가 별로 없었다. 우리가 결혼했을 때 이미 할머니는 많이 아프셨고 병상에 누워 계신 상태였다. 그러나 짧은 교류를 하는 동안 할머니가 손자인 호빈에게 애틋한 애정을 보이시는 걸 봐왔다. 그녀는 호빈의 가족인 나와 해준이에게도 같은 애정을 주셨다. 할머니가 돌아가신 날, 나는 짧은 기억에 기대어 할머니의 명복을 빌었다.

그날 나의 마음을 더 아프게 한 것은 할머니의 영정 앞에 앉아 커다란 어깨를 들썩이며 울던 호빈의 뒷모습이었다.

할머니가 그에게는 각별한 분이었다는 것을 알기에, 다가오는 할머니의 기일이 자신에게 특별한 의미가 있는 날이고 진영이 네가 같이 가줬으면 좋겠다고 말했으면, 그걸로 충분했을 것이다. 그러면 나는 두말없이 그를 따라나섰을 것이다. 나의 도리에 대한 어떤 긴 설명이나 짜증 난 표정보다도, 그냥 그 한마디면 충분했을 것이다.

부부가 되어 가까이서 서로를 지켜보는 시간이 길어지면 서로에 대해서 많은 것을 알게 된다. 나같이 눈치 없는 사람도 남편의 목소리 톤이나 축 처진 어깨만 봐도 그의 감정이나 그가 하루를 어떻게 보냈는지를 읽어낼 수 있는 수준이 된다. 그렇지만 익숙하고 가까운 존재가 될수록 나의 배우자가 나만을 위해서 무언가를 해줄 수 있는 존재라는 믿음에 자신감이 없어지는가 보다. 막연히 내가 알고 있다고 생각하는 상대의 모습에 구속돼버리는 듯하다. 한때 우리는 서로에게만 베풀어주는 호의를 익숙하게 주고받던 사이였는데 이제는 그것이 어색하고 불편해진 사이가 되어버린 것 같다.

완벽한 마무리를 짓지는 못했지만 호빈이 갑작스럽게 꺼내
놓은 '선씨 집안 제사는 선씨끼리만 하자'는 어색한 제안이 시
부모님에게 뜻밖의 변화를 만들어냈다. 나는 본의 아니게 시
할머니의 제사에 '어려운 걸음으로 행차한' 입장이 되었고 그
런 나에게 시아버지는 "와줘서 고맙다"라는 말씀을 해주셨다.
참으로 달콤했다. 단 음식을 좋아하는 나에게 시부모님은 그
동안 많은 달콤한 음식을 사다 주셨는데 아버님의 그 한마디
가 무엇보다도 달콤했다. 그 순간에는 시부모님과도 달달해질
수 있을 것 같았다. 언젠가는 그렇게 원하시는 애교도 부릴 수
있을 것 같았다. 집으로 돌아오는 차 안에서 나는 호빈에게 말
했다. "오빠, 다음부터는 그냥 부탁을 해. 부탁을!"

제사: 죽은 사람은 언제 귀신이 되는가

한국 사회에서 제사는 상징적인 의례다. 제사의 본래 의미는 아마도 오늘의 나를 있게 한 나의 뿌리를 기억하고 감사하는 마음을 형식으로 표현한 것이었을 테지만, 애석하게도 지금의 한국 사회에서는 세대를 거치며 며느리들의 고충과 고루한 시댁문화의 상징이 되어버린 것 같다.

한국의 기혼여성 중에 제사를 둘러싼 사연 하나 없는 이가 있을까? 우리 시댁은 제사가 많지 않다. 있다고 해도 천주교식 제사이기 때문에 음식 준비가 간단하고 제사 예배에 많은 노동이 들지는 않는다. 그런데도 나는 시할아버지의 제사에 내가 어떤 존재이고 어떤 의미와 마음가짐을 가지고 참여해야 하는지 의문이 들었다. 그러다 결국 제삿날의 충돌이 도화선이 되어 시부모님과 3년여에 걸친 전쟁을 치렀다.

제사에 드는 노동, 정신적 스트레스, 소외감, 억울함 등 기혼 여성들은 제사를 두고 할 말이 많다. 며느리들이 주장하는 제사의 문제를 간단히 짚어내자면 '선씨 집안의 제사상을 정작 선씨들은 안 차리기 때문'에 생기는 문제가 아닌가 싶다.

본래 제사상은 그 집안의 남자 자손들이 손수 차렸다고 한다. 즉, 조상님을 위해 차리는 신성한 상이니 문서에 자손으로 기록되는 직계 남자 자손들이 손수 정성스럽게 차려야 하는 것이었다. 그런데 어느 틈에 그 일은 며느리나 제사상에서 절할 권리가 없는 딸들의 손으로 넘겨졌다. 심지어 요즘은 집에서 믿는 종교에 따라 그 의식이 덧입혀져 본래의 제사의 모습은 사라진 지 오래다. 또 한편에서는 그날의 노동과 수고를 담당한 이들에게 얼굴도 이름도 잘 모르는 남의 집안 조상 때문에 고생스럽고 스트레스 받는 날 이상의 의미를 갖지 못한다. 이미 전통의 형식은 껍데기만 남은 지 오래고, 형식에 담겨 있던 참뜻도 위태롭다. 이쯤 되면 우리가 '죽음을 기리는 것'에 대한 근본적인 의문을 가져야 하지 않겠는가? 왜 죽음을 기리는 것인지 어떻게 하는 것이 참뜻을 살리는 일이 될 것인지를 말이다.

　나는 죽음을 기억하는 옳은 방식 같은 것을 말할 수 있는 입장이 아니다. 다만 내가 원하는 방식에 대해서는 말할 수 있다. 나는 내가 생명을 다하면 나와 삶을 공유하고 사랑하던 사람들이 나를 기억해줬으면 좋겠다. 그것이 커피와 과일을 차린 테이블이든 치킨에 맥주를 마시는 자리든 즐겁고 유쾌한 자리면 충분할 것 같다. 때때로 나를 그리워하기도 했으면 좋겠다. 그들이 자식과 지인들과 도란도란 나와의 기억을 나누는 순간이 있었으면 한다. 호빈과 나는 가끔 돌아가신 각자의 할머니가 해주시던 음식에 대해서 이야기한다. 호빈의 할머니는 감칠맛이 도는 구수한 김치조림을 잘하셨다고 한다. 그 조리법을 배우신 시어머니가 가끔 김치조림을 해주시지만 할머니 것과 같은 맛은 아니라고 한다. 손자가 오는 날에는 시장에 가서 닭강정을 사다 놓으셨다고 한다. 단맛을 별로 좋아하지 않는 호빈도 그 달콤한 닭강정 맛을 그리워했다. 2년 전에 돌아가신 우리 외할머니는 새콤달콤한 남도식 회무침을 잘하셨다. 할머니는 단맛을 좋아하는 손녀들을 위해 "사탕을 더 넣자, 사탕을" 하시면서 설탕이 충분히 들어간 매콤달달한 회무침을 해주셨다. 외할머니 댁에 갔다가 서울로 올라가는 날에는 가면서 먹을 돼지고기와 김치가 들어간 김밥을 싸 주셨다. 그렇게 맛있는 김밥은 그 이후로 다시 먹어보지 못했다. 어깨너머로 우리의 이야기를 들은 해준이는 김밥을 먹거나 닭강정을 먹을 때마다 "이거 엄마 할머니가 해준 맛이야?" 하면서 엄마와 아빠의 할머니 이야기를 한다.

죽음은 그렇게 산 사람들 사이에서 추억되는 것이라고 생각한다. 그러다가 그 기억을 가진 사람들도 모두 이 세상을 떠나고 나면, 나는 완전히 세상에서 잊히는 것이다. 그것이 나의 죽음에 주어진 축복된 운명이라고 생각한다. 죽은 자가 산 자의 삶을 구속하고 고통을 주는 순간 질척거리는 귀신이 되는 것이 아닐까?

정신없이 할머니의 기일을 보낸 호빈은 따로 시간을 내서 할아버지, 할머니를 모신 납골당에 가고 싶다고 했다. 첫 번째 걸음은 실패했다. 닫는 시간이 있다는 걸 모르고 너무 늦게 도착한 것이다. 우리는 밖에 마련된 추모공원만 한 바퀴 돌고 돌아왔다. 두 번째 시도에서는 일찍 출발한 덕분에 제시간에 갈 수 있었다. 가는 길에 호빈은 엉뚱한 면이 있으셨던 유쾌한 할아버지에 대해 이야기했다. 할아버지는 동네 약장수가 파는 싸구려 금칠을 한 벨트를 사서 자랑스럽게 차고 다니신 분이었다고 한다. 벨트 버클이 딸깍 열리면 그 안에 시계가 들어 있었다고 하는데, 듣기만 해도 나와 통하는 분이셨을 것 같다. 호빈은 할아버지가 너를 봤다면 좋아하셨을 거라고 했다. 할머니에 대한 이야기도 했다. 말년에 할머니는 항상 거실의 일인용 소파에 앉아 계셨다. 기력이 없으셨던 탓에 그것이 침대에서 일어나신 후에 하실 수 있는 유일한 일과였다. 의자 옆의 벽면에는 내가 찍어서 드린 해준이의 폴라로이드 사진이 붙어 있었다. 할머니는 어린 시절의 호빈과 꼭 닮은 해준이를 무척 예뻐하셨다.

그런 기억을 품고 호빈의 할아버지와 할머니를 뵈러 가는 길은 힘들지도 불쾌하지도 않았다. 그렇게 할아버지와 할머니를 추억하고 만나러 다니는 호빈이 참 예뻐 보였다.

고래와 새우:
고래 싸움에 새우등 터진다?

호빈은 시월드와 가부장제도의 부조리를 군대 내무실에 비유했다. 우리 집에 놀러 온 호빈의 친구들은 이 이야기를 들으면 무릎을 치며 그의 탁월한 비유에 공감했다. 나는 군대를 잘 모르는 사람이지만 일견 타당한 면이 있다. 남자인 그로서는 본인의 경험에 비추어 가장 근접한 분석을 해낸 것 같다. 호빈의 분석에 따르면 가족의 위계질서 내에서 가장 하위 계급에 속하며 궂은일을 담당하는 여성들이 '약한 고리'이며 약한 고리는 시스템의 모순이 가장 먼저 드러나는 지점이다. 따라서 갈등은 며느리와 시어머니 사이에서 터져 나오지만, 이 고부갈등의 배후에는 군대 내부의 부조리를 밟고 서서 수혜를 누리는 장교처럼 가족 내에서 군림하는 가부장, 즉 시아버지 혹은 '남자들'이 있다는 것이다. 나는 그의 분석 내용에 완전히 동의할 수는 없었다. 왜냐하면 갈등의 와중에 내가 목격한 시아버지는 너무나도 무력한 존재였기 때문이다.

시아버지가 분쟁으로부터 한 발짝 떨어져서 '이 쓸데없고 남 부끄러운 싸움을 당장 그만두라'는 태도를 보이셨던 것은 맞다. 그러나 그가 진짜 보스였다면, 졸개들은 그런 명령에 복종하기 마련 아닌가? 우리는 아무도 시아버지의 말을 듣고 싸움을 그만두지 않았다. 내 가정의 가부장인 호빈도 마찬가지였다. 밑도 끝도 없이 '그만 좀 하라'는 말을 꺼냈다가는 나의 호된 비난에 호빈은 잠도 못 자고 시달려야 했다. '꼰대'나 '입진보' 같은 소리를 들으면서 말이다.

호빈과 내가 문제를 분석하고 해결하는 태도는 다르다. 눈앞에서 벌어지는 당면한 문제를 두고 배후의 시스템이나 근원을 분석하는 것은 성질 급한 나에게는 맞지 않았다. 나는 일단 닥친 문제에 집중하는 사람이다. 말하자면 세상이 변해야 개인의 삶이 변하느냐, 개인의 삶이 변하면 그것이 모여서 세상이 변했다고 하는 것이냐 할 때, 나는 후자를 주장하는 사람이다.

문제의 발단과 근원을 좇다 보면 가부장제도와 가부장제를 정당화한 유교사상이 문제로 드러난다. 그렇다면 유교를 장려한 조선시대도 문제고 조선을 건국한 이성계도 나쁘다. 유교가 문제면 유교의 대부인 공자에 대해서 이야기해야 한다. 도대체 공자의 부모님은 "왜 하필 그 옛날 그때 공자 같은 아들을 낳은 것이냐!"라고 내가 아무리 비난해봤자 무엇이 달라지겠는가?

　'가부장제도'라는 것은 시어머니가 본인의 입장을 정당화하는 하나의 방편에 불과한 것이지 근본적인 문제는 아닌 것 같았다. 내가 할 수 있는 일은 당장 내 문제를 해결하는 것이었다. 그러고 나면 한국 사회에는 여전히 가부장제도가 남아 있겠지만 적어도 내 삶은 좀 나아질 수 있으니 말이다.

　처음 호빈이 내 부탁으로 촬영하기 시작한 영상을 모아 고부갈등에 관한 영화를 만들어보겠다고 했을 때, 나는 난색을 표했다. 영상이야 남편의 소유물이니 그것으로 영화를 만들든 뮤직비디오를 만들든 내가 관여할 바는 아니었지만, 이게 무슨 고부갈등인가 싶었다. 내 생각에 어머니와 나의 충돌은 서로 간의 개성이 충돌하여 발생한 것이지 전형적인 고부갈등의 문제 같지는 않았기 때문이다. 너무 특이하다고 불리는 나 김진영과 내가 생각하기에 매우 특이하신 시어머니의 캐릭터가 부딪힌 문제라는 것이 나의 생각이었다. 그러자 호빈은 "생각해봐. 네가 말한 대로 우리 부모님은 너한테 '일반적인 인간대 인간의 매너'를 안 지켜도 된다고 생각하잖아? 네가 며느리라서 그런 거야. 너한테는 그래도 괜찮다고 생각하는 거라고. 그게 바로 고부갈등의 보편적인 지점이야." 듣고 보니 그의 말이 맞는 것 같았다. 나도 고부갈등을 겪고 있는 거였다.

다만 적극적으로 '갈등의 링' 위에 오른 것은 시어머니뿐이니 내 상대는 시어머니였다. 어머니에게 '초강력 회오리 펀치'를 가르쳐준 것이 링 밖의 코치인 시아버지더라도 엄연히 링위의 룰이 있는데 링 밖으로 나가 코치를 때릴 수 없는 노릇이아닌가. 반칙을 하면 아무리 많이 때려도 지는 거니까. 나는 이기기 위해 싸우는 자니 반칙은 안 된다. 그래서 나는 시어머니와 열심히 싸웠다. 때로는 호빈과 시어머니가 "왜 나만 가지고그래?!"라고 소리쳐도 소용없었다. 나에게 링 위에 오르지 않은 사람은 그저 구경꾼일 뿐이었다.

시아버지는 끝내 링 위에 오르지 않으셨다. 종종 실랑이를하는 나와 시어머니 옆에서 시어머니의 편을 들어주시거나 왜 이렇게 버릇이 없냐며 나를 혼내는 정도였다. 나는 그 부분에서 아버님을 비난하지는 않는다. 남편이니까 당연히 속상한 아내를 위로해주고, 말발이 너무 센 며느리 때문에 수세에 몰린 아내를 지원하는 건 정당하게 남편의 몫을 하신 것이라고 본다.

그러나 본인이 살아오신 시스템에 누구보다 확신을 가지고 사시는 분은 시어머니보다는 시아버지셨다. 볼멘소리를 하는 아내에게 도리와 소임을 이야기하면서 숨죽이고 살게 하신 것도 시아버지였다. 시동생을 '호원이'라고 부르는 건방진 며느리를 '계속 저렇게 놔둘 거냐'며 시어머니의 등을 떠민 사람도 어머니의 '시댁 식구들'이었다. 그러면서도 그들은 한 번도 나에게 본인들이 옹호하는 시스템을 논리적으로 풀어낸 적이 없었다.

'그냥 그런 것'이라거나 '원래 다들 그렇게 사는 것' 정도의 말을 할 뿐이었다. 내가 그 이상의 의문을 제기하면 '친정에서 그렇게 배웠냐'는 질책이 날아왔다. 시월드 밖의 세상에서는 당연한 '인간과 인간 사이에 존재하는 매너'를 이야기하는 나에게 '한심한 소리나 한다'는 비난이 날아와 나는 입을 다물어야 했다. 나는 그 점 때문에 실망하고 말았다. 오히려 내게 싸울 만한 상대가 되어 홀로 고초를 겪고 있는 시어머니가 안쓰러운 마음도 들었다. 어른들을 상대하면서 '무력감'이 들었다고 한 호빈의 말도, 이 완고한 시스템이 변할 리가 없다고 체념한 호빈의 입장도 이해가 갔다.

    시할아버지의 제삿날 시어머니와 충돌하고, 그다음 번 만남에서 '우리는 서로 안 보고 사는 것이 좋겠다'고 한 적이 있었는데, 그 말에 시부모님은 무척 화가 나셨다. 그런 건 감히 있을 수가 없는 일이었다. 시부모님은 이 일로 시댁의 모든 식구들을 모아 가족회의를 하셨다. 결론은 내가 시댁 어른들 앞에서 사과를 해야 한다는 것이었다. 그리고 사과를 하고 나면 앞으로 서로 안 보고 살자고 하셨다. 나에게 썩 납득할 만한 조건은 아니었다. 내가 흥분하여 규칙을 어기고 '언더벨트'를 때렸다고 해서 갑자기 링 밖에 있던 코치, 에이전시, 협회 측 간부 등 모든 기타 관련자들 앞에서 사죄해야 할 일은 아니지 않은가? 그리고 서로 보지 않고 살자고 하는 건 원래 시부모님의 단골 레퍼토리였고.

    그럼에도 딱 한 가지, 그 한 가지 조건이 너무 유혹적이었다. '안 보고 살 수 있다'는 것. 결혼 후 지금까지 내내 시댁과 문제로 시달려왔는데 이제 그 모든 것으로부터 벗어날 수 있다는 것이 너무 유혹적이었다. 단 한 달만이라도 아이를 키우고 남편과의 결혼생활을 하는 데 집중할 수 있다면, 뭐라도 못할까 싶었다. 내가 한 말이 그렇게 기분이 나쁘셨다면 사과를 하는 것이 마땅한 것 같기도 했다.

나는 호빈에게 사과를 할 테니 약속을 잡아달라고 했다. 약속한 날이 다가왔고 난 어른들이 기다리시는 시할머니 댁으로 가는 차 안에서 계속해서 눈물을 흘렸다. 좀처럼 긴장하는 일이 없던 내가 차갑게 군은 손을 떨고 있었다. 호빈도 말이 없었다. 그의 표정이 어두웠다. 차에서 내리려는 나를 호빈이 만류했다. "야, 너 사과하지 마. 네가 사과할 일 아니야. 내가 이걸 도저히 두고 볼 수가 없어." "싫어. 할 거야. 난 그냥 사과하고 이제부터 내 인생 살 거야!" "바보야! 그 말을 믿냐! 안 보고 살긴 뭘 안 보고 살아!"

시할머니 댁에 혼자 올라간 호빈은 두 시간 가까이 지나서야 내려왔다. '진영이 혼자 잘못해서 이 지경이 된 것이 아니고 부모님도 잘못 하셨다. 솔직히 나도 진영이 말이 맞다고 생각한다'고 말했다고 한다. 어른들은 당연히 난리가 나셨다고 한다. "아이고! 호빈아! 우리가 어릴 때부터 너를 얼마나 예뻐

했는데! 왜 이러는 거냐!"

어른들은 그를 꾸짖다가, 회유하다가, 또 으름장을 놓다가 결국 됐다며 포기한 듯 호빈을 보내주셨다고 한다. 나는 호빈에게 '오빠 때문에 최고의 딜을 놓쳤다'며 볼멘소리를 했지만 사실 딜 같은 건 처음부터 없었다는 걸 나도 알고 있었다. 다만 내가 꿈꾸던 우리만의 알콩달콩한 소꿉놀이 같은 결혼생활을 할 수 있다는 희망에 매달렸던 것뿐이었다. 나를 말려(보호해)준 호빈에게 진심으로 고마웠다. 그날 밤은 호빈이 '구경꾼'이 아닌 '중재자'라는 책무를 획득한 첫 번째 밤이었다.

북미회담이 결렬된 적이 있었다. 많은 국민이 평화를 바라며 크게 기대했던 회담이 허무하게 결렬되자 실망의 목소리가 터져 나왔다. 중재자를 자처하며 회담의 성사에 공을 들였던 대통령에 대한 비난 여론이 일기도 했다. 대체로 높은 수준을 유지하던 대통령의 지지율이 조금씩 떨어지기 시작했다. 그 뉴스를 듣고 있던 나는 새삼 '중재자의 무력감'을 떠올렸다. 세계의 질서를 호령하는 미국의 트럼프 대통령은 마치 시부모님 같았다. 독자적인 자국의 질서를 고수하면서 국제 사회의 일원이 되려고 애를 쓰는 북한의 김정은 국무위원장은 나와 같았다. 양쪽을 오가면서 고군분투하는 문재인 대통령은 호빈의 입장 같았다.

평화를 마다하는 사람이 어디 있겠느냐 싶지마는, 중재자가 머리 위에 '평화'라는 훌륭한 뜻을 이고 지고 아무리 열심히 해도 결국 양 당사자의 의지를 거스르지는 못한다. 중재자를 위해서 당사자들이 입장을 바꿔주지도 않는다. 그것이 '당사자'가 아닌 '중재자'의 처량한 처지고 한계다. 그러다가도 일이 어그러지고 성사되지 않으면 비난을 모두 뒤집어쓰게 된다. 왜 좀 똑바로 하지 못하냐고, 성과가 왜 이렇게 나오지 않느냐고 말이다.

나와 어머니 사이에서, 호빈은 무엇을 하든 구박덩어리였다. 지쳐버린 호빈은 때로 '둘 다 그만 좀 하라'며 성질을 부렸다. 호빈이 그러든 말든 시어머니와 나는 그만두지 않았다. 기억상실증이라도 걸리지 않는 한 너무 먼 길을 와버렸으니 이제 되돌아 갈 수 없었다. 끝까지 가는 수밖에.

왜 호빈이 중재를 해야 했을까? 괴롭고 지긋지긋한 길을 왜 가야 하는가에 대한 자각이 없으니 더 힘이 들었을 것이다. 김진영이라는 여자는 선호빈이라 남자가 아니었으면 지금의 시어머니를 만나지 않았을 것이다. 각자 만족스러운 인생을 잘 살던 두 여자가 혼인 관계가 아닌 보통의 사회생활을 통해서 만났더라면 우리는 서로 무척 싫어했을 것이다. 한차례 마주치고 나서는 상종을 하지 말자며 고개를 절레절레 흔들었을 사람들이다. 그런 우리가 선호빈이라는 매개체를 통해 만난 것이다. 호빈을 사이에 두고 시어머니와 나는 '잘' 지내야 하는 관계가 강제적으로 맺어진 것이다. 북과 미의 긴장상태가 한국의 안보정책에 직접적인 영향을 주듯이, 두 여자의 충돌은 바로 호빈의 안위를 위협한다. 처음부터 호빈은 구경꾼인 적이 없었다. 그렇게 중재자는 중재의 운명을 갖게 되는 것이다.

결혼 후 처음 시어머니와 부딪히기 시작했을 때, 나는 호빈에게 '이것은 내 문제니 내가 알아서 해결하겠다. 내 편을 들어줄 필요도 없지만 끼어들지도 말라'고 했다. 지금은 그것이 완벽한 나의 판단 착오였다는 것을 인정한다. 꼭두각시처럼 남편을 조종하며 대리 싸움을 했어야 한다는 것은 아니다. 그렇다면 내 싸움은 내가 하겠다던 김진영이 왜 남편을 사이에 두고 싸워야 한다고 하는지, 어째서 중재자의 필요성을 역설하게 되었는지 그 이유는 아주 간단하다.

우리 부모님이라고 대단히 말이 잘 통하지는 않는다. 어떤

부분에서는 시부모님보다 더하다. 그러나 딸인 나는 엄마에게 '싫다'라고 할 수 있다. 엄마는 내가 '감히' 싫다는 소리를 했다고 쓰러져 울지 않는다. 알 만한 딸의 고집에 때로는 한 수 접어주시기도 한다. 그리고 내가 본인의 뜻에 반항한 것을 두고 두고 곱씹으며 앙금으로 남기지도 않는다. 크게 싸우고 나서도 며칠 후에는 "엄마, 아직 화났어?" 하면서 풀 수 있다. 쌀쌀맞게 내 전화를 받은 엄마도 "이 못된 기집애… 전화는 왜 했냐?" 하고 나서는 "김치 있니?", "호빈이가 잘해주니?" 하면서 어물쩍 관계를 회복할 수도 있다.

그러나 시부모님은 달랐다. 시어머니가 살아온 세상에서 며느리는 '감히' 싫다는 소리를 할 수 없는 사람이기 때문이다. 어머니와 내가 직접 부딪힐 때는 싸움의 핵심에 한 번도 들어갈 수가 없었다. 매번 반복되는 지난한 진실공방을 통과한다고 해도 그다음에는 '감히 어른한테 무슨 말버릇이냐', '어른에게 싫은 것이 어디 있느냐'가 싸움의 화두가 되었다. '우리가 무엇이 다른가?', '어떻게 하면 서로 좀 잘 지내볼 수 있을까?' 같은 이야기는 시작도 할 수 없었다.

호빈이 중간에 들어간 후에야 '걔는 뭐가 그렇게 불만이라니?'로 논의를 시작할 수 있었다. 호빈이 때로 흥분하고 화를 내고 또는 '부모님도 잘못하셨다'라고 말해도 시부모님이 그것을 두고두고 괘씸해하며 호빈을 밀어내지는 않았기 때문이다. 나도 마찬가지였다. 호빈을 통해 한번 걸러 나온 비난은 나에게 그렇게 충격적이지도, 불쾌하지도 않았다. 잠깐 호빈에게 화를 내도 우리는 어떻게든 서로 잘 지낼 방법을 찾았다. 부부싸움은 '칼로 물 베기'이기 때문이다.

남편은 아내의 입에서 직접 어른들에 대한 거부와 부정과 분노가 쏟아져 나오지 않도록 해줘야 한다. 자식과 오래 알아온 부모님은 자기 자식의 허물에 더 너그럽다. 남편의 중재는 그렇게 간단한 이치에서 필요한 것이다.

우리는 모두 자기편이다

결혼 선배들의 이야기를 듣다 보면 묘하게도 공통적인 경험이 있다. 시어머니와 눈에 보이지 않는 신경전을 주고받던 아내는 어느 날 남편에게 호소한다. "여보, 당신 어머니 때문에 너무 힘들어!" 애타는 아내의 호소에 남편들은 한결같이 대답한다. "우리 엄마는 그럴 사람 아니야!" 아내는 남편에 대한 배신감에 치를 떤다. "그럼 뭐! 내가 거짓말이라도 했다는 거야? 남편은 남의 편이라더니…!"라고 억울해 하는 이야기다. 정말 놀랍다. 우리 엄마도 과거에 아빠를 두고 같은 말을 하며 '남자들은 어차피 시댁 편'이라는 이야기를 했다. 이 일로 아직도

174

엄마는 아빠에게 바가지를 긁을 때가 있다. 기혼남 매뉴얼이라도 있는 것인가? 그때부터 아내는 고립되고 외로운 마음에 힘겨운 결혼생활을 해나간다. 그놈의 '남의 편'과!

　나는 남편에게 내 편을 들어달라고 하는 사람이 아니다. 나이가 어린 사람은 어른에게 일단 지고 들어가게 마련이다. 무슨 말을 하든지 어른에게 '감히 말대꾸'하는 것은 한국 문화에서는 금기다. 그래서 처음 어머니와 부딪히기 시작했을 때, 나는 내가 나이가 어리다는 약점을 보강하기 위해서 열심히 '논리의 거미줄'을 짰다. 그리고 내가 시부모님 앞에 그 거미줄을 펼쳐 보이면 당연히 "그래! 이제 보니 네 말이 맞구나! 정말 미안했다!"라고 해주실 줄 알았다. 당연히 호빈에게도 '내 편'을 들어줄 필요가 없다고 했다. 단지 밑도 끝도 없이 부모님 편을 들면서 나의 전투를 방해하지나 말라고 했다. 사람들은 우리 집안의 분쟁 이야기를 들으면 하나같이 궁금해했다. "호빈이는 누구 편이야?" 시어머니도 아들에게 따져 물으셨다. "너는 내 아들이잖아! 너 누구 편을 드는 거니?"

　상황은 내 예상과는 매우 다르게 돌아갔다. 애초의 계획이 전혀 효과를 보지 못하자 나는 궁지에 몰렸다. 평온했던 남편의 가정에 불화를 일으킨 것, 어른들에게 감히 버릇없이 대든 것, 남편과 생긴 불화에 대한 죄책감 등이 나를 짓누르기 시작했다. 호빈은 '네가 하는 말은 맞지만 네가 한 행동은 틀렸다'는 애매한 말로 나를 헷갈리게 했다. 호빈에게 내가 처한 상황이 부당하고 그것을 감수하며 사는 것이 힘들다고 이야기했다. 내심 그가 '내 편'을 들어주면 좋겠다고 생각했다.

그러나 호빈은 남자였다. 남자라는 사실 자체가 문제되는 것은 아니지만, 호빈은 가부장 문화가 오랫동안 자연스럽게 유지되어온 가정에서 전형적으로 혜택을 받으면서 성장한 '남자'였다. 존재 자체만으로도 흐뭇하고, 음식을 맛있게 잘 먹고, 어른 말씀에 순종하면 귀여움을 받는 남자 자손으로 말이다. 그런 호빈은 내가 겪는 어려움이나 소외감은 잘 이해하지 못했다. 시부모님과의 좁혀지지 않는 거리에 대해서 이야기하면 "어차피 너도 우리 부모님이랑 가까워질 생각 없잖아. 그럼 그냥 만났을 때 적당히 하고 대충대충 넘어가면 되지 뭘 그래?"라고 했다. 시부모님은 내가 좀 더 살갑지 못하고, 좀 더 적극적으로 시댁 대소사에 참여하지 않는 것이 불만이시라는데 나는 진심이 없이 영혼 없는 관계를 이어가는 것은 싫었다. 같은 자리를 맴돌면서 분쟁의 시간이 길어지자 시어머니는 아들인 호빈에게 눈물로 호소하고 서운함을 토로하셨다. 반면에 나는 속상하고 외로울수록 태연한 얼굴로 울지 않고 버텼다. 내 나름대로 정당한 주장을 한 것 같은데 남편에게 '내 편'을 들어 달라고 하소연하는 것은 자존심이 상하는 일이었다. 호빈은 그런 '씩씩한' 나에게 양해를 구했다. 일단은 마음 약한 어머니를 챙겨야 한다고 했다. 그 말에 꿋꿋하던 나도 드디어 그런 생각이 들었다.

'저놈도 남의 편이었구나!'

도통 서운함 같은 감정을 모르고 살던 내가 이 일로 호빈에게 서운함을 느끼게 됐다. 나는 시어머니와 나 사이의 과거를 내 나름대로 정리했다. 어떤 일은 서로에게 앙금이 되기도 했지만 더 이상 그 일로 화가 나거나 미움이 느껴지지 않았다. 그러나 그 당시에 호빈에게 느꼈던 서운함은 좀처럼 사그라들지 않았다. 어쩌다 호빈에게 과거에 서운했던 점을 이야기하면 호빈도 언짢은 기색을 보였다. 본인도 상황을 개선하기 위해 자기 나름대로 애를 썼고, 그 당시에는 모든 사람이 '너 대체 누구 편이냐'고 추궁했다고 했다. 그리고 직접적으로 말만

안 했지 결국은 너도 '내 편'을 들어달라고 하지 않았냐고 했다. 그 당시의 호빈은 무엇을 해도 누구에게도 인정을 받지 못할 때였다고 했다. 호빈이 하던 말이 기억난다. "너는 누구 편이야?"라고 묻는 사람들에게 그는 이렇게 대답했다.

"편은 무슨 편이야! 나 살기도 바쁜데! 나는 내 편이야!"

그가 한 말이 틀리지는 않았지만 그걸로 내 마음이 정리된 것은 아니었다. 나는 호빈에게 가진 오랜 서운함을 특별한 경험을 통해 해소할 수 있게 되었다. 프리랜서 예술가인 호빈은 글이나 영상 등 항상 무언가를 창작해내야 하는 압박감을 느끼며 마감에 쫓겨 산다. 그래서 그런지 호빈은 항상 정신을 집이 아닌 어딘가에 두고 사는 것 같았다. 아이를 보는 것도 아니고, 가사에 협조하는 것도 아니면서 멍한 얼굴로 초점 없이 생각에 빠져 있는 시간이 많았다. 나는 그런 호빈이 못마땅했다. "일이 있으면 시간을 딱 정해놓고 해야 하는 것 아니에요? 그리고 집에 있을 땐 아이도 좀 보고 집안일이 이렇게 밀려 있으면 거들 줄도 알고 그래야지!" 그렇지만 아무리 말해도 그의 상태는 나아질 줄을 몰랐다.

그런데 이 책의 집필을 시작하면서 나에게도 무언가 타인에게 인정받을 만한 글을 써내야 한다는 압박이 시작됐다. 나는

"나는 내 편이야!!"

멍하게 상념에 빠지는 시간이 많아졌다. 정신을 차려보면 나도 모르게 입이 벌어져 있기까지 했다. 머릿속을 헤집고 다니는 시간이 많아질수록 집 안은 엉망이 되어갔다. 밤새 고민하는 시간이 많아지고 늦잠을 자다 보니 해준이는 유치원을 밥 먹듯이 지각했다. 마감에 쫓기며 사는 호빈의 고충이 그제야 이해가 됐다. "오빠! 오빠가 왜 그렇게 맨날 맹한지 알 거 같아!" 나는 호빈에게 우는 소리를 했다.

직접 상대방의 입장을 겪어보고 나서야 이해되는 것들이 있다. 나는 호빈이 영화감독의 꿈을 이루기를 응원해왔고 그가 하는 일을 충분히 이해한다고 생각했는데 정작 '예술가'라는 멋진 타이틀 뒤에 있는 그의 어려움이나 고충은 이해해주지 못한 것이다. 호빈도 그랬다. 자신이 하는 일에 빠져 육아와 가사에 시달리는 내가 얼마나 힘들어하는지 헤아리지 못했다. 호빈은 최근에 육아와 가사를 분담하고 나서야 "야… 정말 가사노동이란 게 말이야… 정말 힘든 거구나…"라고 말했다.

누군가를 사랑하거나 누군가의 삶을 공유한다는 것이 당연히 서로를 향한 무한한 지지를 동반한다고 믿는 것은 지나치게 순진하거나 이기적이었는지도 모른다. 나도 호빈에게 하지 못한 '편들기'를 그에게 바라고 그것으로 인해 서운함을 품는 것이 부질없고 이기적이었다는 생각이 들었다. 그걸 깨닫자 나는 더 이상 과거의 호빈에 대한 서운함을 이야기하지 말자고 다짐했다. 우리는 모두 자기편이다. 호빈과 나는 애초에 서로의 그런 면을 사랑했을 것이다. 나를 위해 사는 호빈이 아니라 자기의 삶을 열심히 사는 모습을 사랑했으니 서로 그걸 존중해주면 족하다.

영화 〈B급 며느리〉가 전주국제영화제에 초청된 것을 알게 된 날, 호빈과 나는 마을 뒷산에서 등산을 하고 있었다. 제작사로부터 전화를 받은 호빈이 붉게 상기된 얼굴로 나에게 "야! 흐흐흐~ 우리 영화 전주국제영화제에 초청됐다!"라고 숨겨놓은 폭죽을 터뜨리듯이 크게 외쳤다. 나는 "아, 축하해요"라고 간단히 대답했다. 내 반응이 그의 기대와는 달랐나 보다. "그게 뭐야… 넌 안 신나?" 그의 말에 난 "오빠 영화가 영화제에 초청된 걸 내가 '축하한다' 이상으로 신나기까지 해야 하는 거지?" 하고 말했다.

호빈은 내가 이상하다고 했다. 소식을 들은 친구들에게서 축하 전화가 왔다. "와이프가 좋아하지?"라는 질문이 전화기에서 새어 나왔다. 호빈은 "별로 안 좋아해. 그냥 축하한다고 하고 마는데?"라고 답했다. 전화기 건너편에서 "그래? 역시 네 와이프 특이하네…." 하는 대답이 들려왔다.

'이상하긴 뭐가 이상해. 나는 내 편이고 호빈은 호빈 편인데…. 전주로 부름받은 그 영화, 호빈이 열심히 내 시간 뺏어서 만든 건데 내가 뭘 그렇게까지 좋아해야 하나?'

이제 슬슬 나도 내 인생을 살 때가 되었다. 호빈의 인생이 궤도에 올랐으니 이번엔 내 차례다. 서운해할 것 없다. 원래 우리는 각자 자기편이다. 때때로 기회가 있을 때 서로의 입장을 헤아려주면 족할 뿐!

칠 대 삼

작년에 나는 생애 처음으로 아르바이트를 해봤다. 학창시절에는 그 시간에 공부나 하라는 부모님의 성화에 한 번도 해보지못한 일이었다. 아이가 일곱 살이 되고 안정적으로 유치원에다니게 되자 출산 이후 모처럼 여유가 생겼다. 나는 그 시간을알차게 보내고 싶은 욕심이 생겼다. 그래서 평소에 관심이 있었던 커피 제조법도 좀 배우고 용돈도 벌어볼 겸 카페 아르바이트에 도전했다. 아르바이트라고 해도 아침 9시에 출근하여오후 4시에 퇴근하니 엄연히 출퇴근이 있는 직장이었다.

평소에 호빈은 내가 일만 하기 시작하면 당연히 가사와

육아를 분담할 수 있다고 호언장담해 왔다. 심지어 미리미리 좀 해봐야 나중에 제대로 할 수 있다고 하는 나에게 '넌 지나치게 완벽주의'라느니 '융통성이 없다'느니 핀잔을 해댔다. 그러나 막상 내가 일을 시작하자, 예상한 대로 호빈은 늘 해오던 '호언장담'을 지키지 못했다.

나는 매일 아침 8시 40분에 오는 유치원 버스에 해준이를 태워주고 아슬아슬하게 출근을 했다. 4시에 일이 끝나면 바쁘게 집에 돌아와 하원할 아이를 기다렸다. 아이가 집에 오면 그때부터는 집 청소를 하고, 시장에 다녀와 저녁 준비를 하고, 밥을 먹고, 아이와 놀다가 잠이 들었다. 아르바이트를 하는 4개월여 동안에 시간이 없어 작년부터 하던 일본어 공부를 그만둬야 했다. 한 달에 네다섯 권씩 읽던 책도 읽지 못하게 됐다. 호빈이 집에 와 있어야 하는 날 갑자기 약속을 지키지 않아 내가 해준이를 데리고 일하러 가야 했던 때도 있었다.

아르바이트는 꽤 즐거웠다. 커피 만드는 법을 배우고, 슬슬 손님들과 친분도 쌓였고, 성실히 일한 대가를 받아 사고 싶던 옷도 사고 해준이에게 선물로 게임기를 사 주기도 했다. 그러나 이런 방식으로 계속 일을 하는 것은 문제가 많았다. 나는 아쉬워하는 동료들과 사장님에게 그만두겠다고 말했다. 호빈과 담판을 지을 때가 온 것이다.

　생각해보니 과거의 호빈은 지금보다 더 심각했다. 직장생활을 하지 않는 '프리랜서 예술가'를 남편으로 둔 생활은 모든 것이 예측 불허다. 수입도 그렇고 업무시간도 그렇다. 당연히 공식적인 휴일도 없고 시간도 대중 없이 일하니 규칙적인 생활은 꿈도 못 꾼다. 게다가 호빈은 섬세한 예술가인지라 만물이 고요한 밤 시간에 일하는 것을 좋아한다. 하지만 우리 집에는 어린 아들이 있고 아이는 아침이면 잠에서 깬다. 시장도 아침에 열고, 어린이집도 마찬가지다. 나는 독자적인 주간 스케줄에 따라 움직여야 했고 남편의 도움은 아예 포기한 채 살았다. 그래도 혼자 육아와 가사를 하는 것이 너무 힘드니 '좀 도와달라'는 말을 했다가 갑자기 감정이 북받쳐 혼자 화를 내며 말을 고쳤다.

"아니지! 아니지! 이게 왜 도와주는 거야?! 같이 낳은 자식이고 같이 사는 집인데!! 나눠서 하는 거지!!"

　호빈은 순순히 수긍하지 않았다. 자신이 할 일의 항목과

기한을 명확히 적어줘야 할 수 있다고 하거나, 웬 수줍음이 그렇게 많은지 내가 집에 있어서 못 하는 거라는 핑계를 대기도 했다. 내가 너무 집에 붙어 있는 것이 문제라는 것이다. 가사분담의 역사는 이렇게 치졸하고, 속 터지고, 지난했다.

한국 사회에서 전업주부로 사는 것은 정말 서러울 때가 많다. 원래 나는 집에서 아이를 돌보는 것은 선택의 범주에 있다고 생각했다. '엄마가 집에 있다'는 것은 가족, 특히 아이에게 정서적인 안정을 주는 것을 우선시한 것이라면 '엄마가 밖에서 직장생활'을 하는 것은 경제적인 혜택을 주는 것을 우선시한 것이다. 이러한 선택은 가족이 처한 다양한 상황과 가치관을 고려하여 선택할 수 있는 것이라고 여겨왔다. 설령 아이 엄마가 경력단절로 인하여 집에서 아이를 돌보더라도 집에 있는 엄마의 존재로 집은 좀 더 안정적인 공간이 될 수 있고 아이는 온전히 그 혜택을 누릴 수 있다. 그 때문에 처음 아이를 낳기로 결정했을 때 나는 호빈에게 '나는 내 손으로 아이는 직접 키울 것'이라고 못을 박았다. 나는 엄마의 따뜻한 보살핌을 받으며 성장했고 그런 보살핌을 내 아이에게 직접 주고 싶다고 생각해왔기 때문이다.

그러나 한국 사회는 가사를 하며 아이 키우는 주부를 '집에서

논다'고 말한다. 주변 사람들은 종종 대학까지 나와 집에서 아이만 키우냐며 '너도 빨리 일해라', '너도 돈 벌어라', '너무 아깝다. 왜 시간 낭비하냐?' 등의 말로 나를 재촉했다. 직접 해보니 육아와 가사는 내가 해본 다른 어떤 일보다 힘들고, 지겹고, 이타적인 행위인데도 누구 하나 고마워하는 이도 없고 가치 있는 일로 평가받지도 못했다. 가장 슬픈 것은, 그렇게 사는 나 자신도 때때로 회의가 들고 비참해질 때가 있었다는 것이다.

대한민국의 '집에 있는 아내들'의 삶은 너무나 슬프다. 남편들이 벌어오는 돈은 천차만별인데 집에서 하는 노동의 강도는 대동소이하다. 열심히 한다고 손에 쥐는 내 몫의 대가가 있는 것도 아니고, 대단한 자격증도 없이 하는 일이라 그런지 힘들다고 하면 '그럼 나가서 돈 벌어오든가'라든지 '예전에는 세탁기도, 청소기도 없었다' 같은 핀잔이 돌아온다. 휴일도 없고 고마움도, 존중도 받지 못한다. 엄마는 나에게 집에서 아이를 아무리 잘 키워도 아무도 인정해주지 않는다면서 빨리 너의 인생을 살아야 한다고 충고 하셨다. 엄마가 나를 돌봐주신 덕분에 나는 이렇게 성장할 수 있었고, 엄마가 해준 간식과 엄마 손을 잡고 다닌 미술관, 같이 장보러 다닌 기억 등을 모아 내 아이를 키우고 있는데 그것들이 모두 덧없다고 하는 엄마의 말이 슬프게 들렸다.

그렇다고 이런 말이 듣기 싫어 보란 듯이 '일하는 엄마'가 되는 것도 기꺼운 선택지가 아니다. 아침에 유치원 버스를 기다리는 자리에 아이 손을 잡고 나오는 이는 모두 다 엄마들이다. 물이 뚝뚝 흐르는 채 마르지 않은 머리로 혹여 직장에 늦을까 봐 아이 손을 잡고 발을 동동 구르는 이도 다들 '워킹맘'이었다. 학부모 상담에 짬을 내어 방문하는 이도 엄마들이다. 나는 올해 학부모 상담에 호빈과 같이 갔는데 아이의 담임 선생님은 '아빠'가 온 것을 보고 놀라셨다. 호빈이 상담에 온 유일한 아버지 학부모라고 했다. 내가 아는 직장생활을 하는 대부분의 여성들은 돈도 벌고 집안일과 육아까지 하는 삼중고에 시달린다. 내가 사는 곳이 지방인 데다 남성 중심의 문화가 다소 강하게 남아 있는 곳이라고 최대한 양해를 한다고 해도, 정말 너무하다고 생각하지 않나?!

아르바이트를 그만두고 나서, 나는 호빈에게 선후 관계가 명백해야 한다고 못을 박았다. 일단은 호빈이 가사와 육아에 대해 '능력과 책임감이 있다는 것'에 신뢰를 줘야 했다. 호빈은 그동안 내가 남편인 자기를 못 믿는 것이 문제라고 했는데, 나는 그게 아니라 남편이 아직까지 신뢰를 주지 못한 것이 문제라고 말했다. 그리고 우리는 아이가 있는 가정이고, 우리가 돈을 버는 이유도 그 아이를 키우고 행복한 가정생활을 영위하기 위해서다. 그렇다면 돈을 버는 것이 행복한 가정을 꾸리는 본연의 목적을 해쳐서는 안 된다고 했다. 그러니 목적이 되는 것들에 대해 모두 책임감을 가지고 참여하자고 말했다. 그렇지 않으면 나는 영영 가정에 묶이거나, 에라 모르겠다고 하고 집 밖으로 나간 순간 삼중고를 혼자 감당하고 살거나, 방치된 아이에게 죄책감을 느끼며 힘겨운 바깥생활을 하는 수밖에 없을 테니 말이다. 나와 호빈 모두 인생에 많은 계획이 있고 이루고 싶은 꿈이 있기에 우리는 파트너가 되어야 했다. 그렇게 살아야 아이도 엄마와 아빠의 인생을 존중해줄 수 있다. 그동안 이래저래 큰소리치던 호빈도 막상 현실로 겪어보니 자신이 생각한 것과는 다르다는 것을 깨달아서인지 내 말에 수긍했다. 이제부터 자신이 더 노력하겠다는 약속을 했다.

여기까지가 작년의 일이다. 이때부터 호빈은 서서히 자발적인 참여를 시작했다. 주중에는 서울에서 작업을 하고 주말에는 반드시 집에 와서 시간을 보냈다. 혹시 주말에 일정이 생기면 나와 상의를 하고 양해를 구했다. 내가 바쁠 때는 알아서 집안을 치우고 설거지 거리가 쌓이면 설거지를 해놓기도 했다.

내가 집필 작업을 시작한 후에는 밤새 글을 쓰다가 늦잠이라도 자면 햄과 계란을 부쳐 해준이와 아침을 챙겨 먹었다. 느지막이 일어나 보면 아빠와 아이가 논 흔적으로 집 안이 난장판이 되어 있었지만 짜증이 나지 않았다. 즐거워하는 아빠와 아이를 보며 그것은 기꺼이 내 몫이 될 수 있었다. 시간이 걸렸지만 가사분담은 서서히 효과를 보고 있었다. 호빈이 하는 청소나 설거지는 내가 할 때만큼 마음에 들지는 않았다. 어설프게 일을 끝내 내가 다시 해야 할 때도 있었지만 열심히 약속을 지키려는 남편에게 굳이 듣기 싫은 잔소리는 하지 않기로 했다.

우리 세대의 남자들이 머리로는 너무나 잘 알고 있지만 직접 겪어보지는 못한 '가정 내 성평등'을 직접 몸으로 실천하는 데에는 시간이 걸릴 것이다. 마찬가지로 나도 가정경제의 한 몫을 하는 '워킹맘'으로 거듭나기까지 호빈의 많은 배려와 도움이 필요할 것이다. 조급해하지 않고 그 과정을 즐기는 것도 나쁘지 않았다. 게다가 집안일은 내가 더 잘해도 아이와 놀아주는 것은 이제 호빈이 더 잘한다. 해준이는 요즘 아빠가 집에 오는 시간을 손꼽아 기다린다. 이렇게 지금의 우리는 나와 호빈이 7 대 3 정도의 분업을 하고 있다. 치졸하고 지난한 과거에도 불구하고 가사분담의 노력은 할 만한 일이었다.

한 달 전에 나와 해준이가 같이 독감에 걸렸다. 아이와 엄마가 둘 다 드러누워 버리니 호빈은 병수발에다 육아와 가사까지 책임지게 되었다. 결론을 말하자면 호빈은 책임을 무척 잘 수행해냈다. 주중 하루만 시간을 내어 서울에서 일하고 돌아와 내가 누워서 쉴 수 있게 아이를 돌봤고 고양이들에게 밥도 줬다. 아직 요리를 할 줄 모르니 호빈은 국 대신 라면 국물로 밥상을 차렸지만, 나와 해준이는 호빈의 간호를 받고 기력을 되찾았다. 이제 나는 호빈을 파트너로 신뢰하게 됐다. 나도 슬슬 호빈을 믿고 나의 미래를 고민할 수도 있게 된 것 같다.

해준이와 읍에 쇼핑을 하러 나갔는데 어느 카페 건너편에서 젊은 여성이 담배를 피우고 있었다. 해준이가 나를 쿡쿡 찌르더니 "엄마 저것 봐. 여자가 담배를 피우네?"라고 하는 것이 아닌가. 나는 해준이의 말에 깜짝 놀랐다. 호빈은 '남자 근성'이 몸에 밴 사람이라도 적어도 머릿속과 언어에는 편견이 없는 사람이다. 'B급 며느리'인 나는 말할 것도 없다. 그런데 '여자니까 어떤 행동은 하면 안 돼' 같은 말이 내 아들 입에서 나오다니!

"왜 저게 이상해? 담배는 각자 취향이야. 저런 걸 기호품이라고 해. 엄마가 커피 마시는 거랑 똑같은 거야. 아빠도 담배 피우는데 누나가 피우는 게 뭐가 이상해?"

"여자잖아. 여자는 아기를 낳아야 하기 때문에 담배 피우면 안 된대."

"해준아, 모든 사람이 아기를 낳기 위해서 살지 않아. 그리고 아기는 아빠들 고추 안에서 사는 기간이 더 길어. 아기 때문이라면 남자들이 담배 피우는 것도 나빠."

이렇게 이야기는 마무리됐지만 나는 어느새 아이의 머릿속에 자리한 남녀의 편견에 당황했다. 호빈과 내가 의식적으로 편견을 드러내지 않으려고 해도 아이는 다양한 환경에 노출되면서 스스로 편견을 학습하기도 하는 것이다. 무지보다 위험한 것이 편견이다. 무지한 사람은 언젠가 배울 수 있지만 편견에 갇힌 사람은 옳은 것을 들어도 배우기를 거부한다. 나는 낮에 있었던 일을 호빈에게 이야기해줬다. 호빈도 놀라는 눈치였다. 아이의 작은 머리에 자리 잡은 편견이 다시 한번 성평등에 대한 생각을 하게 했다.

'성평등'이라는 것은 '공기'와 비슷한 것 같다. 아이들을 책상 머리에 앉혀놓고 '남자와 여자는 평등해. 똑같은 사람이잖니.

여자를 무시하면 안 되고, 여자를 때리는 것은 절대 안 된단 다'라고 가르치는 것은 행동과 의식에 제약을 줄 수는 있을지 몰라도 평등의 본질을 깨닫게 하지는 못한다.

나는 우리 세대가 성평등을 그렇게 배웠다고 생각한다. 그래서 머리로는 알고 있지만 행동으로 체화되지 못하고, 학교에서 옳다고 배운 것들을 정작 가정에서는 실천하지 못하는 것으로 말이다. 이런 간극이 지금 우리 시대의 남녀 갈등을 만들고 있는 것 같다. 알고 보면 성평등이라는 것은 대단히 특별한 것이 아니다. 개인과 개인이 서로의 다름을 이해하고 존중해주자는 것뿐인데, 한국 사회에서는 남녀 간에 유난히 두드러지는 경계가 있어왔기에 의식적으로 강조된 것뿐이다. 그래서 가정에서 성평등을 이루는 것이 중요하다고 생각한다. 가정에서 공기처럼 존재하는 성평등을 호흡하며 자란 우리 아이들은 이성을 존중하고 이성의 존중을 받으며 살 수 있을 것이다. 우리가 조금 노력하면 우리 아이들의 삶은 훨씬 풍요로울 수 있을 것이다.

선씨 집안과 김씨 집안

한때 큰 인기를 끈 베스트셀러 중 《화성에서 온 남자 금성에서 온 여자》라는 번역서가 있다. 어린 시절의 나는 표지만 보고 그 책이 SF소설이겠거니 하고 덥석 샀다가 웬 관심도 없는 남자, 여자 타령이지 하며 바로 덮어버렸다. 집 안 여기저기를 돌아다니던 그 책은 결국 엄마의 책장에 들어가 꽂혔다. 그 당시 지금의 나와 비슷한 나이였던 엄마는 아빠와의 관계에서 진통을 겪고 있었다. 혹시 그 책을 열어보고 무릎을 탁 쳤을지도 모르겠다. 다른 행성으로부터 유래했을 법하게 이질적 존재인 남자와 여자, 호빈과 나의 사랑이 아무리 위대하다고 한들 우리도 이 한계를 넘을 수는 없었다. 게다가 우리는 선씨 집안과 김씨 집안이라는 양극단의 다른 집안 출신이었다. 애석하게도 두 집안 간에는 교집합이 없는 것 같았다. 그것이 호빈과 나를 보통의 남자와 여자보다 더 극적인 커플로 만들어버렸다.

결혼을 준비하는 과정에서 우리는 본격적으로 양가 부모님을 만나기 시작했다. 호빈의 부모님은 어른들 앞에서도 농담을 하고, 깔깔거리며 웃고, 부끄러움 없이 호빈의 손을 덥석 잡고 돌아다니는 나를 '좀 버릇이 없다'고 생각하셨다. '뭘 좀 더 가르쳐야 할 것 같긴 한데…, 애는 착한 것 같으니 그럭저럭 맘에 든다'라는 정도로 생각하신 것 같다.

반면에 호빈은 어른들 앞에서 늘 예스맨으로 고분고분하고 점잔을 빼는 사람이다. 우리 엄마 앞에서 내가 그의 손을 잡으면 점잖게 돌려 빼서 다시 무릎 위에 다소곳이 올려놓곤 했다. 우리 부모님은 그런 호빈을 '결혼 전에 우리 딸 임신까지 시킨 녀석이 착한 척한다'고 생각하셨다. 그래도 '나쁜 놈 같진 않으니 그럭저럭 결혼을 시켜도 될까?'라는 정도의 생각을 하셨다. 원래의 가족들에게서는 미덕으로 평가받던 서로의 면면이 상대방의 집안에 가니 평가 절하된 것이다.

김씨 집안에서는 자신의 주장을 논리적인 언어로 풀어내지 못하는 것은 죄악이나 마찬가지였다. 부모님에게 불만을 표하거나 대드는 경우라도 마찬가지였다. 내 입장이 얼마나 정당한가보다는 얼마나 똑 부러지고 설득력 있게 이야기했는가가 더 중요했다. 특히 아빠와 이야기하다가 논리적 모순이 드러나거나, 울거나(우는 건 정말 죄악으로 용서받기 힘든 행동이었다) 했다가는 철저한 자아비판이 따르는 '원인분석'이라는 시간을 가져야 했다. '나는 무엇이 부족하여 내 생각 하나도 똑바로 말하지 못하는 모자란 인간처럼 행동했는가?'를 분석하는 시간이었다. 아빠는 목에 칼이 들어와도 할 말은 하고 살아야 한다고 강조하셨다. 성격이 이렇다 보니 아빠는 사업하는 사람치고는 사회성이 좋은 편은 아니셨다. 그래서 거기서 생기는 간극을 철저한 일처리로 보완하며 살아야 했다. 어릴 때는 그런 아빠 때문에 너무 피곤했다. 제발 평범한 가정에서 살고 싶다고 생각을 한 적도 많았다. 그러나 오늘날의 내 모습을 돌아보니 소신을 지키며 사는 아빠의 모습이 그 나름대로 멋지다는 생각이 들었다. 호빈은 '독고다이' 같은 내 모습이 우리 아빠를 꼭 닮았다고 했다.

선씨 집안의 처세술은 우리 집과는 완벽한 대척점에 있었다. 선씨 집안의 가족들은 좀처럼 직설을 하지 않는다. 어른에게

꼬치꼬치 자기 의견을 내는 것도 금기다. 그랬다가는 '사내자식이!' 같은 핀잔을 들어야 했다. 싫은 게 있어도 열심히 숨기거나 돌려 표현해서 같이 모여 있는 것이 불편하지 않은 상황를 최대한 유지해야 했다. 선씨 집안에서는 가족이 도란도란모여 있는 것이 가장 중요하다. 그래서 집에서는 방문도 항상열어놓아야 했다고 한다. 만약 아버님이 아들인 호빈에게 뭔가 불만이 있으시면 그나마 강하게 표시하는 방법이 일단 술을 조금 드신 다음 "내가 묏자리를 잘못 썼나…" 하는 정도의 표현을 하는 것이다. 만약에 김씨 집안 사람이 그 말을 들었다면 "묏자리가 왜? 누가 잘못 썼다고 그래요? 어디로 옮기지?" 이랬을 거다. 그러나 호빈은 '묏자리를 잘못 써서 자식이이 모양인가'라는 아버님 말씀의 속뜻을 찰떡같이 알아들었다. 호빈은 아버님 말씀에 속상해했다. 물론 아버지가 안 보이는 데서 말이다. 선씨 집안 사람들은 사교성이 좋고 인기도 많다. 시부모님이나 호빈 모두 어떤 조직에 들어가서든 별 어려움 없이 인사이더가 되는 사람들이다.

호빈과 데이트하기 시작했을 무렵, 우리의 극단적인 차이점들은 서로에게 참 매력적이었다. 이전에는 '이상하다'라거나

'너무 차갑다'고 평가받던 나의 직설과 바깥세상에 대한 무관심을 호빈은 "너 참 매력 있다!"라고 하며 나를 따라다녔다. 나는 다른 사람에게 따뜻한 관심과 애정을 베풀 줄 아는 호빈이 좋았다. 그와 있을 때는 마음이 불안하지 않았다. 곤란에 빠진 사람들은 호빈을 찾는다. 그는 위안이 되는 사람이기 때문이다. 나는 우리가 최고의 연애를 했다고 생각한다. 우리는 영화 하나를 놓고도 밤새도록 즐겁게 대화를 나눌 수 있었다. 우리의 생각이 일치할 때는 거의 없었다. 그래도 나와 다른 그의 생각이 너무 신선하고 유쾌하여 마음과 머리가 가득 차오르는 것 같았다.

내가 누구에게나 공평, 타당하게 직설과 무관심을 주는 사람이듯 호빈의 착하고 따뜻한 마음도 누구에게나 그랬다. 특히 아들이란, 어머니에게는 더더욱 상처를 줄 수 없는 사람이었다. 호빈이 아무리 내가 처한 상황이 옳지 못하다는 사실을 인정해줬다고 해도 그는 옳지 못한 상황을 바꾸는 데 도움이 되지는 못했다. 그 과정에서 상처받고 힘들어할 사람들에게 모질지 못했기 때문이다. 나는 내 문제는 스스로 부딪쳐 해결해야 하는 사람이었고 주변에 도와달라고 하소연하는 것은 내 자존심이 용납하지 않았다. 내가 태연한 얼굴로 울지 않고 버틸수록 호빈은 나에게 양해를 구했다. '진영이는 씩씩하니까. 버틸 만할 거야'라고 생각하는 모양이었다. 답답한 속내를 일기장에 끄적이는 일이 많아졌다. 정말로 '선씨 집안'에 '시집' 왔다는 실감이 들었다. 혼자 고립된 듯한 기분에 새삼 친정을 그리워하며 우는 시간이 많아졌다.

나는 긍정적인 사람이다. 지금은 가난을 겪고 있더라도 언젠가는 오늘의 경험이 우리를 성숙하게 하는 자산이 될 것이라고 여겼다. 그래서 저금통을 깨서 생활비를 마련하면서도 소꿉놀이하듯이 즐거워할 수 있었다. 아직은 아르바이트가 주 수입원인 호빈이 언젠가는 좋은 영화를 만들어낼 재능이 있는 사람이라고 믿으며, 끝까지 포기하지 말고 원하는 것을 하라고 격려해줄 수도 있었다. 그러나 비로소 나는 나의 선택에 의구심이 들기 시작했다. 내가 가장 사랑하던 호빈의 모습이 나에게 상처를 주기 시작하자 내가 잘못된 선택을 한 것이 아닌가 하는 생각이 들었다. 내가 사람을 잘못 본 것 같다는 생각이 들자, 내 인생이 구제불능의 잘못된 길로 빠져든 것만 같았고 급기야 깊은 우울에 빠지고 말았다.

제주도에서 〈B급 며느리〉를 상영한 후에 이어진 관객과의 대화에서 중년의 한 여성 관객이 이런 질문을 했다.

"그렇게 감정 표현을 다 하고 원하는 것을 다 말하면 남편이 정 떨어져 할까 봐 걱정되지는 않았어요?"

난 지금껏 어떤 질문에도 대답이 막혀본 일이 없었다. 그런데 이 질문에는 처음으로 즉각적인 답변을 하지 못했다. 나는 호빈과 수십 차례의 언쟁을 하면서도 화내고 고집부리는 나 때문에 그가 나에게 정이 떨어질 거라고는 생각도 하지 못했기 때문이다. 의외로 많은 여성 관객이 "맞아! 맞아!" 하면서 그 질문에 공감을 하는 듯했다. 부부관계가 지렛대가 되어 고부갈등을 흔들었던 것은 우리 부부도 마찬가지였다. 그러나 호빈은 그 오랜 시간 동안 사랑을 조건으로 내 의지를 접도록 강요한 적이 없었다. 말이나 어떤 표현으로도 그런 메시지를 준 적이 없었고 호빈이 나를 떠날지도 모른다는 불안감에 입을 다물고 마음을 다스려야 한 적은 없었다. 고통스러운 시간이었지만, 나는 마치 독재정권 아래서도 언론의 자유가 보장된 독립 언론사처럼 마음껏 내 생각을 풀어낼 수 있었다.

이후에도 나는 종종 그 관객의 질문을 곱씹어 보았다. 나와 호빈, 김씨 집안과 선씨 집안의 이질적인 것들이 한때의 충돌을 뒤로하고 지금 어우러져 살 수 있게 한 것은 무엇일까?

어떤 힘이 우리를 한곳에 뭉쳐놓은 걸까? 호빈이 감정으로 나를 겁박한 것이 아니라면 내가 그런 존재였을까? 내가 선씨 집안을 겁박해 여기까지 끌고 오게 한 걸까?

시부모님은 자신들의 살아온 방식을 정상성 판단의 준거로 삼았다. 선씨 집안은 단맛을 무척 싫어하고, 집 안에서는 비위생적이기 때문에 동물을 키우지 않고, 어른 말씀은 틀리느냐 맞느냐를 따지면 안 된다는 것이 규칙이었다. 나는 그 기준에 따라 진짜 맛있는 게 뭔지도 모르고, 이상하게도 집 안에서 동물을 키우고, 도대체 어른 대할 줄을 모르는 버릇없는 아이가 됐다. 나는 그것이 못마땅했다. 내 입장에서는 '선씨 스타일=옳은 것'이라는 공식이 성립되지 않았기 때문이다. 선씨 집안의 방식은 최대한 양보하더라도 '한국 사회에서 보편적인 것' 정도였다. 내가 어울리고 살아온 세상에서는 평범하게 받아들여지던 것이 끊임없이 부정당한다는 것이 못마땅했다. '호빈스플레인'이 존재하기 전에 이미 '선스플레인sunsplain'이 있었던 것이다.

시부모님은 단 음식이나 좋아하고 '맛이 뭔지도 모르는' 나에게 서울에 오실 때마다 단것들을 사다 주셨다. 나를 위해 두 분은 평생 들어갈 일이 없었을 도넛 가게에 들려 설탕가루와

초콜릿이 듬뿍 올라간 색색의 도넛을 골라 사 오셨다. "이런 게 뭐가 맛있냐!" 하며 툭 건네주시면서도 내가 맛있게 먹는 것을 보시고 다음에 또 사다 주셨다. 굳이 먼 길을 돌아 한참을 기다려야 살 수 있는 '핫템'이라고 소문난 빵을 사다 주시기도 했다. 그렇게 나는 대전의 명물 '튀김 소보로'도 먹어볼 수 있었다.

호빈과 김씨 집안의 이야기를 하자면, 워낙에 바깥세상과 남의 일에 무관심한 우리 집안 사람들은 나의 남편에게도 큰 관심을 보이지 않았다. 친정집에 방문해도 우리 가족은 호빈을 편하게 해주기 위해서 일부러 말을 걸거나 미소 띤 얼굴로 접근하지도 않고 그저 각자 자기 할 일을 했다. 호빈은 이런 무심한 김씨 집안 식구들에게 처음엔 서운한 마음을 가졌다. 호빈이 도착해서 소파에 멀뚱히 앉아 있은 지 세 시간 만에 방 밖으로 나와 "어! 형부 왔어요?" 하는 내 동생을 보고 경악을 한 적도 있었다. '뭐야! 처제 방에 있었어?' 하면서 말이다(물론 이런 말도 속으로만 한다).

하지만 호빈도 지금은 차라리 그런 우리 가족이 편하다고 말한다. 김씨 집안 사람들이 앞에서 표현한 감정은 뒤에서도 다르지 않다. 웃는 얼굴 뒤에 숨겨진 진짜 속내를 헤아리기 위해서 골머리 썩을 필요가 없다. 김씨들의 웃는 얼굴은 큰 호의다. 그것 말고는 없다. 그냥 그 자체로 좋다는 뜻이다. 좀처럼 웃어주는 일이 없기는 하지만 말이다.

"결혼은 가족이 만나는 거야! 너희 둘만 좋다고 끝나는 게 아니란 말이다!"

어른들이 나를 타이르면서 종종 하시던 말이다. 아직도 나는 이 말에 완전히 동의하지는 않는다. 어찌 됐건 부부가 서로를 아끼고 사랑한다는 것이 결혼의 핵심이고, 그것이 없다면 아무리 남편의 가족이 좋아 죽겠어도 결혼은 끝이 나는 것이기 때문이다. 그러나 집안의 다름은 부부에게 고스란히 반영된다. 그것은 서로의 뼛속에 각인된 이질성이다. 부부가 서로의 다름을 '좋은 것'과 '나쁜 것'을 거르지 않고 모두 합쳐 끌어안는 것이 결혼인 것 같다. 연애가 하늘 위에서 구름을 타고 하는 것이라면 결혼은 땅으로 내려와 때로는 돌밭을 지나고, 때로는 초원을 지나는 것이다. 그렇게 서로를 보듬어줄 수 있게 된 후에야 이질적인 상대방의 가족을 이해할 수 있다. 그러고 나서야 마침내 서로의 가족이 결혼의 일부가 되는 것이다. 그렇게 우리는 가족이 됐다.

3장

오빠
부모님에게는
오빠가 효도해!

효도가 셀프인 이유

〈B급 며느리〉가 개봉되고 나서 여기저기서 욕을 참 많이도 먹었다. 한편에서는 '왜 더 열심히 싸우지 않는 거야!'라는 실망 섞인 목소리도 있었고, 다른 한편에서는 '저 며느리 너무 막 나간다'라는 비난도 있었다. 나는 아마도 그 어느 중간에 있었나 보다. 내 주장 중에서 특히 반감을 산 몇 가지가 있었는데, 그중 하나가 **'오빠 부모님에게는 오빠가 효도해!'**라는 말이었다. 내 인터뷰 영상 밑에 격앙된 비난 댓글들이 무수하게 달렸다. '그럴 거면 결혼 왜 했냐?', '거참, 4가지가 없네', '아니, 시부모님들 없었으면 네 남편은 어떻게 있었겠니?'

한국에서 '효도'라는 것은 마치 성역과도 같다. 효도는 도통 나쁠 것이 없고, 딴지를 걸면 욕을 먹는 절대적인 영역이다. 그러나 나는 반론과 설득의 과정을 사랑하는 사람이므로 '왜 효도는 셀프인 것이 맞는가!'에 대해 내 버전 이야기해보려고 한다.

나는 형식적으로만 존재하는 '요식행위'가 싫다. 오랜만에 만난 동창에게 사실은 그럴 의사가 없음에도 '언제 한번 밥이나 먹자' 같은 인사를 하거나 너무 지루했던 소개팅 상대에게 '오늘 즐거웠어요~^^' 같은 문자를 보내는 행위같이 의미 없이 예의상 해야 하는 것들 말이다. 단지 빈손으로 가는 것이 민망하여 시부모님이 잘 드시지도 않는 음료수라도 한 박스 사 들고 시댁에 가야 하는 것은 내가 정말 하고 싶지 않은 일이었다. 나는 욕을 먹더라도 차라리 빈손으로 가는 게 낫다고 생각한다. 워낙에 거짓말에 서툴기도 하여 내가 마음이 없이 하는 행동은 상대방이 쉽게 눈치챌 수 있다. 그럴 때 내 표정은 어색하기 짝이 없기 때문이다. 나는 가식이 없다는 말을 듣기도 하고 융통성이 없다고 욕을 먹기도 한다.

예전에 현명한 나의 한 친구는 '때로는 형식을 통해 마음을 드러내기도 하는 것'이라고 조언해주었다. 거추장스러운 형식

같이 보여도 거추장스러움을 감수하는 것을 통해 마음과 성의를 보일 수 있다는 속 깊은 조언이었지만, 따지고 보면 결국은 같다. 형식과 마음은 불가분하게 연결된 것이라는 결론이다. 둘 중 하나가 없으면 아무런 의미가 없다. 효도도 그렇다. '오늘날의 나를 있게 해주신 부모님에 대한 감사의 마음을 표현하는 행위'가 효도라면 '감사의 마음'과 '적합한 행위'가 모두 필요하다.

결혼해보니 며느리가 시부모님께 일단 시작해야 하는 매뉴얼이 있었다. 주기적인 안부전화로 일상을 보고하는 것, 비록 남편이 원하지 않아도 그의 팔을 잡아끌고 종종 시댁에 가는 것, 시부모님과 같이 있는 자리에서 살갑고 적극적인 태도를 취할 것 등이다. 나도 결혼 초에 잠시 매뉴얼대로 살던 때가 있었다. 그 당시 나는 시부모님께 예쁨을 받고 싶다거나 인정받고 싶다는 욕망보다는 굳이 문제를 만들지 말자는 생각이었다.

내가 매뉴얼대로 '며느리 몫'을 하면 시부모님은 아주 기뻐하셨다. 심지어 내 손을 잡고 "얘, 우린 호빈이가 결혼 하나는 잘했어"라고 말해주신 적도 있었다. 남편의 부모님이 아들의 결혼에 기쁘고 만족스러운 마음을 느낀다면 그것이 효도 비슷한 것일 수는 있다. 하지 않으면 배은망덕하다는 소리를 들으니 그냥 할 수도 있겠지만 나는 과연 저런 며느리 매뉴얼이 효도와 무슨 관련이 있을까 의문이었다. 그리고 무엇보다도 내 입장에서 보자면, 그것들은 영혼이 없는 행동의 결과물이었다.

그 당시 나에게 그분들은 그저 '남편의 부모님'이었다. 어른들은 일단 어렵고, 무엇을 나서서 해드릴 만큼 구체화된 감사의 마음도 없었다. 같이 있는 시간은 불편하고 지치는 일이었다. 시부모님과 헤어지고 집에 돌아오면 바로 누워서 쉬고 싶을 정도였다. '며느리 할 일'이란 것은 묘하게도 시부모님이 원하시는 것을 완료할 때마다 조금씩 늘어났다. 마치 스테이지 클리어 후에 레벨 업이 되는 과정과도 같았다. 그리고 그런 '할 일'들은 정작 아들인 호빈에게도 요구하신 적이 없는 일인 경우가 많았다.

영화 상영 후 관객을 만나는 자리에서 어르신들이 나에게 "낳아주고 키워준 은혜를 그렇게 갚나!"며 호통칠 때가 있었다. "남편의 부모님이 안 계셨으면 결혼할 남편도 없었을 텐데 너무 배은망덕하다!"라고 나를 혼냈다. 나는 바로 그 지점이 문제라고 생각한다. 시부모님이 '낳아주고 길러준' 것은 아들인 호빈인데 은혜는 며느리더러 갚으라고 한다. 배우자를 있게 해준 부모님께 감사해야 한다면 남편도 아내의 부모님께 같은 은혜를 갚아야 할 터인데 한국의 결혼문화는 사위에게는 그런 것을 요구하지 않는다. 그냥 사위가 알아서 하면 '땡큐'일 뿐이다. 대한민국의 아내들이 언감생심 꿈도 못 꿀 왕자님을 만나서 결혼생활을 하는 것도 아닌데 뭘 그렇게 감사하고 갚으며 살라는 요구가 많은지!

조만간 돌아올 시어머니의 생신에 무슨 선물을 드릴까 고민하고 있자니 "이번엔 생활비가 넉넉하지 않아서 선물은 못 샀어. 생일 축하해. 엄마!" 하고 넘어간 친정 엄마의 생일이 생각났다. 결혼하고 나니 나를 낳아주고 길러준 분들에게는 '효도' 하기가 어려워졌다. 계속 이렇게 살면 언젠가 나는 '효도망상증'에 걸릴 것 같았다. 원래 그렇게 효녀도 아니고 대단한 효도를 할 재주도 없었으면서 나의 불효를 호빈과 시댁 탓으로 돌리는 것 말이다. "시부모님 챙기느라 우리 부모님은 못 챙겼잖아! 오빠 책임져!"라고 하면서.

그래서 나는 "오빠 부모님에게는 오빠가 효도해!"라고 말한 것이다. 진심을 담아 부모님을 사랑하고 관심을 드릴 수 있는 것은 아들인 호빈일 것이다. 내가 언짢은 마음으로 마지못해

하는 겉치레들은 나와 시부모님의 관계에 악영향만 끼쳤다. 그런 겉치레의 압박과 부담에서 벗어나는 순간에서야 나와 시부모님은 가까워질 수 있었다. 시부모님은 사랑이 많으신 분들이다. 호빈은 사랑받고 자란 아들이다. 나는 호빈이 부끄러워하지 말고 그 마음을 표현하고 부모님께 '잘'했으면 한다. 그래서 쌀쌀맞은 며느리가 마지못해 하는 요식행위에 '대리 만족'하고 살지 않으셨으면 좋겠다.

'낳을 의무'와 '길러준 은혜'

전통적으로 한국 사회에서 결혼을 하고 아이를 낳는 것은 선택의 영역이 아니었다. 어른들은 결혼과 출산을 '사람 구실'이라고 말한다. 부모님들은 나이가 찼는데도 결혼을 안 하는 자식이 있으면 애가 탄다. 어렵사리 결혼을 했는데 자식을 낳지 않으면 '빨리 아이를 낳으라'고 재촉을 한다. '비혼'과 '불출산'이 흔해진 우리 세대에게 '쉽게 살려고 한다' 혹은 '자기들만 편하려고 불효한다'는 비난의 시선을 보낸다. 최근까지 낙태가 죄라고 규정한 데는 부주의한 성관계를 했으니 '낳고 기르는 것'을 대가로 치러야 한다는 인식이 바탕에 깔려 있다.

최근 위헌판결이 나왔지만 지금 우리 사회의 분위기는 아직 크게 달라진 점이 없다. 내가 가입한 육아 관련 인터넷 카페에서는 원치 않는 임신으로 임신중절을 고민하는 글이 올라오면 비난 댓글이 여전히 줄줄 달린다. '미련하게 피임도 안 하고', '배 속의 아이는 무슨 죄냐', '낳고 싶어도 못 낳는 사람도 있다'는 식이다. 아직도 한국 사회에서는 출산을 두고 고민하면 비난을 받을 가능성이 다분하다.

많은 사람이 성인이 되면 결혼을 하고 또 아이를 낳고 기른다. 아이는 부모의 결정에 의해 세상에 태어나 살게 된다. 아이가 혼자 힘으로 살아갈 수 있을 때까지 경제적이고 정서적인 지원을 해주어야 한다는 것은 출산을 선택한 부모의 의무이자 책무다. 아이들이란 완벽하게 의존적이고 수동적인 존재이기 때문이다. 그렇기 때문에 출산이 단지 '때'가 되었기 때문에 해야 하는 것이어서는 안 된다. 출산 이후에 따르는 책임을 감수할 각오가 안 된 사람들에게 형사처벌을 들이대면서 출산을 강요해서도 안 된다. 출산이 충분한 고민과 선택 후에 있어야 한다는 것은, 결국 태어날 아이가 안정적으로 보호받고 성장할 수 있는지 여부와 직결되어 있기 때문에 중요한 것이다. 나는 나에게 낳아주고 길러준 은혜를 갚으라고 호통치던 어른들과

효도부채통장

선 해 준 님	
Love	**해준 갚을 돈**
엄마의 사랑 21,5 30,0 00··	0
아빠의 사랑 21,460,000··	0

"우린 모두 갚을 것도 받을 것도 없는 사이"

내 인터뷰 기사 밑에 달렸던 비난 댓글들이 생각났다. 사람이라면 아이를 낳고 기를 '의무'가 있다고 하면서, 다 자란 아이들에게는 낳아주고 길러준 '은혜'를 갚아야 한다고 하는 우리 사회의 인식에 뭔가 모순된 지점이 있다는 생각이 들었다.

나와 호빈도 아이를 키우면서 아이에게 들어가는 비용과 수고에 힘들고 지칠 때가 많다. 그럼에도 불구하고 그 비용과 수고를 해준이에게 채무로 남기고 싶지 않다. 우리가 건강한 사랑을 충분히 주었다면 해준이도 우리를 사랑할 것이다. 그리고 자신이 원하는 방식으로 그 마음을 표현할 것이다.

자녀들이 부모에게 행하는 사랑의 표현을 '효도'라는 틀에 가두지 않았으면 한다. 우리 사회에서 '효도'는 어느새 형식적인 의례가 되어 자식들의 마음에 짐을 지우게 됐고, 부모들에게는 체면치레하는 수단이 되어버렸다. 그게 다 무슨 소용인가? 가족 간에는 사랑만 있으면 충분하다.

아들과 딸

처음 임신한 것을 알았을 때, 가장 먼저 나의 뇌리를 스친 것은 '헉! 엄마랑 아빠한테 어떻게 말하지?'였다. 아이를 낳을지 말지는 호빈과 같이 상의해서 결정할 수 있었다. 그러나 '엄마와 아빠에게 알리는 것'은 다른 문제였다. 안 그래도 사법고시를 때려치운 지 얼마 안 됐을 때라 이미 우리 집에서 내 입지는 위태로운 상태였다. 거기에다 임신한 것까지 더해지면 그것이 어떤 파장을 가져올지 상상하기조차 두려웠다. 엄마가 심장을 부여잡고 기절하는 악몽을 몇 번이나 꿨는지 모른다.

나의 부모님에게 나 김진영은 항상 공부 잘하고 말 잘 듣는

'자랑거리'였다. 내가 임신했다는 사실을 어렵게 털어놓은 그 날 밤에 엄마는 울면서 내 등짝을 때리셨다. 내가 맞는 것을 보고 놀란 꼬꼬냥은 엄마에게 달려들어 팔을 할퀴었다. 아빠는 얼마나 속상했는지 그날 집에 들어오지 않으셨다. 그리고 결혼식 날까지 나와 한마디도 하지 않으셨다. 상견례를 서두르는 시부모님과 달리 나의 부모님은 한동안 감정을 추스르느라 묵묵부답하셨다. 속이 타는 시어머니는 나를 통해 은근히 재촉하셨다. 엄마는 아들만 가진 사람들이라 딸 가진 부모 마음을 모른다며 시부모님을 원망하셨다. 손자가 태어나기를 고대하며 서둘러 결혼을 준비하시는 시부모님의 밝은 얼굴 뒤로 장례식이라도 치르듯 어두운 얼굴로 결혼 준비를 하는 부모님을 보니 혼전임신은 확실히 딸의 집과 아들의 집에 다른 의미가 있었다.

우리 엄마는 부모님 세대의 환경과 가치관을 고려하더라도 매우 보수적인 사람이다. 2000년대를 살아가는 딸들에게 결혼할 상대가 아니면 남자친구를 사귀지 말라고 한 우리 엄마. 네이비나 연한 파스텔 톤의 옷을 즐겨 입고, 목까지 단추를 잠그고 항상 정숙한 모습으로 교회를 열심히 다니는 우리 엄마에게 결혼도 안 한 딸이 임신까지 한 것은 속상함을 넘어 큰 수치였을 것이다.

아빠도 마찬가지다. 딸들을 걱정하는 아빠 때문에 대학에 입학하기 전까지 우리 자매들의 통금시간은 오후 6시였다. 밤이 되면 아빠는 딸들 안전이 걱정되어 차를 끌고 서울의 대학교와 부천의 고등학교를 종횡무진 오가며 마중 나가는 일이 다반사였다. 나의 급작스러운 임신과 결혼이 그런 부모님에게 얼마나 큰 상처를 주었는지 잘 알고 있다. 아직까지도 그 상처가 다 아물지 않았다는 것도 느낄 수 있다. 이른바 '성공 트랙'을 달리던 내 인생이 '궤도를 이탈'한 순간부터 부모님과의 관계는 불편하고 서먹한 것이 되었다. 부모님 앞에 서면 나는 늘 빚진 느낌이다.

결혼 후에도 부모님은 빨리 네 인생을 살라며 나를 재촉했다. 부모님은 내가 아이를 키우고 남편 뒷바라지를 하는 것이 못내 아쉽고 어울리지 않는다고 생각하셨던 것 같다. 누구보다 똑똑하고 남부럽지 않은 인생을 살 수도 있었던 딸이 결혼을 하고 아이를 키우면서 평범하게 사는 것이 인생의 낭비라고 여기시는 것 같았다. 어느 날 통화 중에 엄마가 또 같은 얘기를 꺼냈다. "너, 그렇게 산다고 아무도 안 알아줘! 빨리 정신

차려라!" 이번에는 나도 감정이 폭발했다. 결혼과 육아가 내가 계획하고 꿈꾼 인생 중에 없던 일인 것은 맞다. 그렇다고 꿈꾼 대로 인생을 사는 사람이 어디에 있나. 꿈꾼 대로라면 나는 낮에는 핑크색 정장을 입고 노란색 스포츠카를 타고 법원을 활보하는 변호사였다가, 밤에는 염소와 토끼가 기다리는 전원의 농장에서 여유를 즐기는 목장주의 삶을 살고 있어야 한다.

계획 없이 태어난 아이는 내가 지금껏 느껴보지 못한 감정과 기쁨을 알게 해주었다. 아이를 낳자고 고집부린 호빈에게 "오빠의 고집이 정말 고마워"라고 고백했을 정도였다. 결혼 생활도 마찬가지다. 당연히 힘든 일도 있지만, 결혼은 내 인생에 새로운 가능성을 열어주었다. 그리고 나는 미래에 대해 한 번도 포기하거나 주저앉은 적도 없다. 장수시대를 살고 있으니 30대인 나는 아직 인생을 반도 살지 않은 것이다. 나에게 걸었던 기대가 얼마나 컸는지 그 기대의 그림자에 가려 부모님은 내가 행복하게 살고 있다는 사실을 보지 못하고 있었다. "엄마, 엄마한테는 내가 지금 행복하게 살고 있다는 게 안 보여? 그게 엄마한테 아무 의미가 없어?" 나는 울면서 물었다. 전화기 너머의 엄마는 한동안 말이 없으셨다. 잠시 침묵이 흐른 후 "그냥 끊을게" 하시며 엄마는 전화를 끊으셨다.

부모이고 자식이기 전에 우리는 한 '개인'이다. 누구나 세상에 태어나서 자신이 가진 모든 가능성을 시험해보고, 실패해보고, 성공해볼 권리가 있지 않은가? '자식 공부시키느라' 혹은 '부모님 욕 먹이지 않기 위해' 부모들과 자식들은 반쪽짜리 인생을 살고 있다. 명문대에 들어가 사법고시를 공부하던 시절의 나는 항상 추락이 두려웠다. 가짜 인생을 살고 있다는 생각이 뇌리에서 떠나지 않았다. 물론 실패한 나의 과거는 용기가 없던 탓이 가장 크다. 그러나 내가 '용기'라는 것을 냈을 때 상처받을 사람들이 걱정되고 두려웠다는 것도 또 다른 진실이다.

　맨손으로 사업을 일구어 네 명의 딸을 키운 우리 엄마, 아빠도 마찬가지다. 어린 시절의 나에게 아빠는 일을 너무 좋아하는 '워커홀릭'이었다. 그러나 아빠가 일에 '홀릭'이 되지 않을 여지가 있었을까? 그 당시 아빠는 일을 쉬엄쉬엄하거나 그만둬 버리는 것은 생각할 수조차 없었을 것이다. 요즘 들어 아빠가 춤을 배우고 싶다는 얘기를 꺼내 깜짝 놀랐다. 아빠가 춤에 흥미가 있다는 사실을 전혀 모르고 살았기 때문이다. 내가 틈틈이 천과 털실을 꺼내어 인형을 만들 듯이 엄마와 아빠도 즐기고 싶은 무언가가 있었을 것이다. 자식을 잘 키워야 한다는 책임감 말고도 내 인생에서 이루고자 하는 것들이 있었을 텐데

부모이고 자식이기 전에 우리는 한 '개인'이다

부모님은 그런 것들을 드러낸 적이 없었던 것 같다.

얼마 전에 엄마가 우리 집에 놀러 오셨을 때 호빈과 나는 중고차를 한 대 더 사야 하나를 두고 잠시 대화를 나눴다. 그 얘기를 들으셨는지 다음 날 엄마가 전화를 해 "진영아, 차 사는 데 얼마라도 보태줘야 하는데, 아빠 회사 사정이 좋지 않아서 많이는 못 도와주겠다" 하며 미안해하시는 것이 아닌가. 나도 모르게 한숨이 나왔다. "엄마, 우리 차 사는 데 그걸 왜 엄마가 도와줘? 돈 부족하면 안 사면 되고 그래도 필요하면 내가 부탁할 테니까 티 내면서 빌려주고 나중에 돌려받아!"

결혼 후 시부모님과 일전을 치르느라 나와 친정 부모님의 관계는 지금껏 방치 상태였다. 사실 알고 보면 더 풀 것이 많고, 더 복잡한 것이 나와 부모님의 관계다. 지금에 와서 부모님에게 '자기의 인생을 살고 나는 좀 내버려두라'고 하는 것은 너무 가혹한 일이다. 이미 부모님은 나에게 많은 것을 쏟아부었고 나는 거기에 등을 비비며 여태까지 안락한 삶을 살았기 때문이다. 그래도 조금씩 서로에게 얽힌 부채를 해소하면서 살 수는 없을까? 부모님은 좀 더 자신의 욕망을 직시하려는 노력을 하고, 나는 온전히 내 두 발로 설 노력을 하면서 빚 없이 살도록 노력한다면, 우리 사이의 해묵은 것들을 조금

숨기로운 B급 며느리 생활

씩 해소할 수 있을 것 같다. 이것이 앞으로 나의 인생의 가장
큰 숙제다.

잃은 것과 얻은 것

호빈이 한창 〈B급 며느리〉 마무리 작업을 하고 있을 때였다. 나와 시부모님은 서먹하긴 하지만 서서히 거리를 좁히며 관계를 회복하는 중이었다. 올빼미형 인간인 호빈은 밤이 되자 작업실에 가겠다면서 가방을 싸 들고 나갔다. 먼저 해준이를 재우고 이제 슬슬 나도 잠이 들려는 찰나에 화장대에 올려놓은 스마트폰이 요란하게 떨었다. 호빈이었다. 늘 뭔가를 깜빡하고 나가는 호빈이었던 터라 스마트폰 충전기나 노트북 케이블 같은 것을 가지러 올 테니 좀 챙겨와 달라는 전화겠지 싶었다.

"또 뭐예요?"

"야! 큰일 났어! 부모님 집에 불났대!"

"뭐?! 뭐?!"

"금산 집 말이야! 불나서 다 타버렸대!"

"뭐…?! 어머니랑 아버지는?!"

"괜찮으신가 봐! 아무도 안 다쳤는데 그래도 나 지금 좀 내려가 볼게!"

호빈의 전화를 끊고 머리가 멍해졌다. 정말이지 꿈인지 생시인지 모를 대사건에 잠이 확 달아나 버렸다.

나는 처음부터 며느리와 시부모는 남이라는 믿음이 확고했다. 오랜 세월 애증의 관계를 쌓아 올린 나의 친정 가족과 같은 관계는 가능하지도 않고 또 그렇게 할 필요도 없는 것이었다. 시부모님과 충돌하기 시작한 후부터는 그런 마음이 더 강해졌다. 고부관계란 것은 원래 험하고 어려운 것이다. 거기에 선씨 집안과 김씨 집안은 서로 너무 다른 점이 많았다. 굳이 가까워지려고 억지를 부리니 힘이 들었다. 그러니 다르면 다른 대로 서먹하게 사는 것이 낫다고 생각했다. 그래서 나는 시부모님 앞에 앉아 거침없이 "며느리는 손님이다"라고 말할 수 있었다.

시부모님도 나와 문제가 생기고부터 내가 그 문제를 드러낼 때마다 "너는 남이다. 우리는 이럴 필요가 없는 사이다"라고 말씀하시며 나를 밀어냈다. 아이러니하게도 우리는 서로를 남이라며 밀어내면서 서로 그 말에 상처받고 있었던 것 같다. 서로 대립하는 시간이 길어질수록 상대에 대한 원망과 미움이 쌓여갔다.

한편으로 나는 불안한 마음이 들기도 했다. 내가 과연 다시 저들과 잘 지낼 수 있을까? 골이 너무 깊어져 연결이 아예 끊겨 버리면 그때는 어떻게 해야 하는 걸까? 처음 시부모님에게 문제를 제기한 나의 의도는 언젠가 남편의 부모님을 돌봐드려야 할 때, 내 마음에 앙금이 없었으면 한다는 것이었다. 억눌린 과거사를 마음에 담고 마지못해 시부모님을 대하고 싶지 않았다. 그러니 묵혀두는 일 없이 다 풀고 살자고 말이다. 그런데 뒤를 돌아보니 어느새 나는 이미 출발 지점과는 너무 먼 곳으로 와버린 뒤였다. '우리가 과연 미움을 극복하고 다시 화해할 수 있을까?'

시어머니와 날이 선 공방을 하고 나면 마음이 편치 않았다. 결혼도 안 한 채로 덜컥 임신한 것을 알았을 때, 나는 차마 부모님에게 이 사실을 말할 수가 없었다. 스트레스가 심해서인지

몸이 아팠고 다급해진 호빈은 시어머니에게 먼저 임신 소식을 알렸다. 호빈이 어머니에게 전화를 한 그날은 시부모님이 서울로 이사를 오기 위해 집을 보러 오신 날이었다. 그녀는 모든 일정을 취소하고 나를 보러 달려오셨다. 그리고 내가 엄마에게 말하기 전까지 임신 초기 증상에 시달리던 때 나를 챙겨주셨다. 나는 이때의 고마움을 마음의 빚처럼 간직하고 있었다.

시부모님은 이사 계획은 이내 접으시고 금산에 주택을 짓기 시작하셨다. 손자가 태어나면 수영도 하고 앉아서 놀 수도 있게 좋은 나무를 구해서 넓은 데크를 만드셨다. 햇빛을 가릴 파라솔도 설치하셨다. 금산의 집은 시아버지께서 태어날 아이를 위해 정성을 들여 손수 지으신 집이었다. 아이가 태어나던 날의 기억도 있다. 예정일이 지난 어느 날 새벽에 갑작스럽게 진통이 왔다. 날이 밝자마자 병원에 달려갔고 점심시간 무렵에 아이가 태어났다. 순식간에 일이 벌어진 와중에 정신을 차려보니 시어머니가 와 계셨다. 아침에 호빈에게 연락을 받으신 시어머니는 머리도 만지지 못하고 옷도 제대로 챙겨 입지 못한 채 첫차를 타고 정신없이 서울로 달려오신 거였다. 어머니는 나에게 '수고했다'며 내 손을 잡아주시고는 다시 황급히 대전으로 내려가셨다. 서로 문제가 있다고 생각하고 부딪히는 와중에도 나는 시어머니가 따뜻한 마음을 가진 사람이라는 것을 알고 있었다. 그런 어머니와 쌓은 과거의 기억이 항상 나를 불편하게 했다. 그래서 다시 관계를 회복할 수 없을지도 모른다고 생각하니 내심 두려웠다.

호빈의 전화를 끊고 한동안 혼이 빠진 듯이 멍하게 앉아 있던 나는 시어머니에게 전화를 걸었다. 몇 차례 벨이 울리고 잠시 후 전화기 너머로 어머니의 힘없는 목소리가 들렸다.

"…여보세요…."
"어머니… 어떡해요…. 괜찮으세요? 아버님도 괜찮으세요?"
눈물이 터져 나왔다. 애지중지 가꿔온 집이 잿더미로 변한 곳에서 두 분이 망연자실해하며 덩그러니 계실 생각을 하니 안타까운 마음에 눈물을 참기 힘들었다. 우리는 한동안 전화기를 부여잡고 울었다. "우리 괜찮아…. 걱정 말고 너희도 불조심해. 늦었으니 애기 잘 챙기고 좀 자라. 나중에 다시 전화할게."
전화를 끊고도 한동안 눈물이 났다. 아버님과 어머님을 생각하니 마음이 콱콱 막힌듯이 아팠다. 남이라고 생각했던 사람들이 이렇게 마음이 쓰이고 나를 가슴 아프게 한다는 사실에 놀랐다. 결국 그날 나는 밤새 잠을 이루지 못했다. 그날 밤, 시부모님의 시골 주택은 모조리 재로 변했다. 하지만 신기하게도 모든 것이 다 타버린 잿더미 속에서 가족 앨범은 비교적 멀쩡한 상태로 남아 있었다. 호빈은 서울로 돌아올 때 그 앨범들을 챙겨왔다. 우리는 앨범에서 사진들을 꺼내 말리고 솎아내는 작업을 했다. 앨범과 사진들 테두리가 타버려 손에 까맣게 재를 묻혀가며 남편 가족의 추억을 하나씩 넘겨갔다. 집은 모두 타버렸지만 가족의 추억은 사진으로 살아남았다는 사실이 참 다행이고 감사했다.

몇 년 전 조리원에 누워 갓 태어난 해준이를 들여다보고 있자니 아이가 영락없이 아빠인 호빈을 빼닮아 놀랐던 기억이 난다. 얼마나 닮았는지 조리원 간호사분들이 호빈이 오면 굳이 누구라고 말하지 않아도 해준이를 데려와 보여줄 정도였다. 그렇게 아빠를 닮은 아이를 보니 비로소 무덤덤했던 내 마음속에 모성이 꿈틀거리는 걸 느꼈다. 아이와 내가 피로 연결되어 있다는 실감이 들었다. 그런 마음이 들자 궁금해졌다. 입양한 아이에게는 어떻게 애정을 키우게 될까? 피를 통하지 않은 가족은 어떻게 만들어질까? 모성이라는 난생처음의 생경한 감정을 겪으니 새삼 가족의 기원이 궁금해졌다.

모든 것이 재로 변한 그날 밤에 답을 찾은 것 같다. 피로 맺어진 것만이 가족은 아니다. 곁에서 위해주고, 마음을 쓰고, 때로는 싸우기도 하면서 가족은 만들어진다. 영화 리뷰를 살펴보다가 호빈을 욕하는 글을 보면 마음이 좋지 않았다. 그들이 비록 내 편을 들어주더라도 남편이 욕먹는 것은 싫었다. 시어머니가 이상하다고 하는 글도 마찬가지였다. 그녀를 비난하는 글에는 나에 대한 연민과 응원이 담겨 있기 마련이었지만, 그녀가 누군가에게 비난의 대상이 되는 것은 불편했다. 내 팔이 안으로 굽는 곳에 어느새 남편도, 남편의 가족도 자리해 있었다.

과연 중간이 있었을까

나는 시어머니와 나 사이에 분명히 중간이 있을 거라고 믿었다. 짜장면을 좋아하는 사람과 짬뽕을 좋아하는 사람이 짬짜면을 시켜 사이좋게 나눠 먹을 수 있듯, 반보씩 양보해 한 걸음 나가는 것이 가능할 것이라고 생각했다. 그 중간의 선을 넘지 않으면 우리는 서로에게 화내지 않고 한자리에 있는 것이 가능할 것이라고 말이다.

우리는 조심스럽게 그동안 멀어진 거리를 좁혀나갔다. 모든 것이 다 만족스럽지는 않았다. 그러나 내가 바란 것은 처음부터 '반보'였으니 썩 마음에 들지 않는 것이라도 우리는 그냥 넘어갈 수 있었다. 사실 우리는 털털한 사람들이었다. 다른 며느리나 시어머니였다면 걸고넘어질 만한 일도 우리는 아무렇지 않게 웃고 넘길 수 있는 사람들이었던 것이다.

영화가 정식으로 개봉하기 전에 전주국제영화제에서 먼저 상영하게 됐다. 시부모님도 전주에 영화를 보러 오셨다. 시아버님은 영화를 보시고 나에게 "진영이 너 정말 착하다! 호빈이가 너를 저렇게 못된 애로 만들어놨는데!"라고 말씀하셨다. 아버님은 호빈이 '시건방진 며느리를 고발하는 영화'로 보신 것 같다. 같은 영화를 두고 호빈이 '가부장제에 대한 유쾌한 고발'이라고 의도한 것을 누군가는 이렇게 다르게 받아들이기도 했다.

시어머니는 상영이 시작되자 차마 영화를 보지 못하고 밖으로 나오셨다. 누군가가 "어, 영화 출연자 아니세요?"라고 알아보기에 "그런 사람 아닙니다" 하고 도망치듯이 나오셨다고 한다. 그리고 해준이와 내가 있는 호텔방으로 오셨다. "도저히 못 보겠어!" 우리는 호텔방에서 이런저런 이야기를 나눴다. "우리가 대체 왜 그렇게 싸웠는지 모르겠다, 애." 이렇게 마주 앉아 이야기를 해보니 나도 우리가 왜 진작 화해하지 못했는지 모르겠다는 생각이 들었다.

영화가 개봉하니 언론사 인터뷰가 쏟아져 들어왔다. 서울에 있는 주요 일간지와 주간지를 다 돌아다녔다. 당연히 과거에 대한 질문과 현재에 대한 질문이었고 나는 기억을 더듬어 인터뷰를 해나갔다. '지금은 어떻느냐'는 질문에 "지금은 잘 지내고 있어요"라고 대답했다. 그 당시 호빈은 대중에게 사적인 이야기가 공개되는 것을 못마땅해하시는 부모님 때문에 노심초사였다.

그러다 호빈으로부터 무척 속이 상하는 소식을 들었다. 어머니가 내 인터뷰를 보시고는 "걔는 왜 있지도 않은 일을 저렇게 거짓말하고 다니냐!"며 화를 내셨다는 것이다. 호빈은 이말을 전하며 앞으로 인터뷰할 때는 조금 조심하자고 했다. 어머니 얘기는 될 수 있으면 하지 말자고 말이다. 나는 이 말을 듣고 가슴이 와장창 무너져 내리는 기분이었다. '왜 굳이 안해도 될 말을 하고 다니냐'고 하셨다면 이해할 수 있었다. 최대한 조심할 수도 있었다. 그런데 내가 거짓말을 하고 다니는 거라고? 고양이와 관련된 일, 조리원 원무과에까지 걸려오던 전화 등등 카메라를 들이대면서까지 보존하려했던 과거가 모두 내 거짓말이라니! 내가 중간까지 왔다고 한 것이 원점으로 돌아간 기분이었다. 내가 남편에게 '앞으로는 다 찍어놓으라'

고 한 그 시점으로 말이다.

나는 한동안 냉가슴을 앓았다. 인터뷰를 해도 이전처럼 긍정적인 대답이 나오지 않았다. "뭐~ 나쁘지는 않아요"라고 시큰둥하게 대답하고 요즘엔 시어머니와 어떻냐는 관객들의 질문에 '업 앤 다운이 있고 요즘엔 다운이다' 정도로 얼버무렸다. 뭘 좀 바꿔보겠다고 설친 지난 3년이 다 부질없었다는 생각에 마음을 다스리기가 어려웠다. 다가오는 설날에 대전에 가고 싶지 않았다. 시부모님을 어떻게 대해야 할지 마음이 혼란스러웠기 때문이다. 다행히 시부모님은 여행을 가셨고 나는 별 어려움 없이 설날의 어색한 만남을 피할 수 있었다.

여행길에 나서기 전날, 시부모님에게 호빈이 전화를 했다. "잘 다녀오세요." 전화기 너머로 "그래 고맙다~ 잘 다녀올게!" 하는 시어머니의 밝은 목소리가 들렸다. 전화를 끊고 돌아서는 호빈을 보자 한 가지 생각이 났다. 과거의 시어머니는 여행 가기 전날 며느리가 직접 연락을 하지 않았다는 사실에 서운해하셨다. 나는 그런 날마다 왜 굳이 내가 어린아이 배웅하듯 시부모님께 연락을 해야 하는지 이해하지 못했다. 어머니의 불만에 호빈도 나에게 한마디씩 던졌고 그것은 결국 싸움이 되었다. 그러나 어머니는 더 이상 내가 전화를 했느냐 안 했느냐를 문제 삼지 않으신다. 즐겁게 여행을 다녀오시고 그때마다 내가 좋아할 만한 과자나 인형 같은 것도 사다 주신다. 생각해보니 나도 변한 것이 없었다. 어머니도 마찬가지다. 우리는 서로 그렇게 크게 달라지지 않았다. 다만 서로가 누구인지를 받아들인 것뿐이었다.

설날을 건너뛰고 우리는 봄이 한창 무르익어서야 대전에 가게 됐다. 이번 여행길에서도 시어머니는 선물을 사 오셨다. 이번 선물은 알록달록 색칠이 된 마트료시카 인형과 귤이 듬뿍 들어간 젤리로 딱 내가 좋아할 만한 것들이었다. "와아! 고맙습니다." 정말 감사한 마음으로 인사했다. 그리고 호빈과 나는 번갈아서 시댁의 설거지를 하고 왔다. 매번 유쾌한 일만 있었던 것은 아니다. 나는 소화가 잘 안 되어 매 끼니 밥 먹는 것이 부담스러운데, 어머니는 내가 끼니 거르는 것을 못 참으신다. 제발 밥을 먹으라는 성화에 나는 속이 더부룩한 상태에서도 밥을 먹어야 할 때가 많다. 시댁에 같이 머물고 있는 순간에도 '시어머니'라고 발신인이 뜨는 전화를 계속해서 받아야 했다. 시부모님이 아직도 속으로는 '저 며느리가 조금 더 버르장머리가 들었으면 좋겠다'고 생각하실지도 모른다. 밥을 먹고 나서 '나는 쉴 테니 설거지는 오빠가 하라'며 남편에게 집안일을 시키는 며느리가 못마땅하실 수도 있다. '쟤는 성질이 더러우니 괜히 건들지 말자'라는 내적 타협을 하신 것이라고 해도, 어쨌든 지금의 우리는 서로에게 크게 실망하거나 노여워하지 않게 되었다.

과연 중간이 있었을까? 이제 보니 우리는 중간 지점에서 만난 게 아닌 것 같다. 각자 자신이 서 있던 곳에 그대로 머물러 있을 뿐이었다. 성숙한 관계는 '나를 위해 네가 변해줘'라고 하는 것이 아니라 '있는 그대로의 나를 받아줘'라고 말하는 것이고, 우리는 그동안 서서히 서로의 '다름'을 받아들이는 과정을 겪었던 것 같다. 눈치채지 못하게, 서서히, 젖어들듯이 말이다. 호빈에게 시어머니가 전화를 걸어 물어보셨다고 한다. "야, 진영이 쟤 왜 저렇게 착해진 거니? 너네 영화 찍으려고 나 속인 거지? 너네 그동안 다 연기한 거지?"

미래의 나의 며느리에게

2018년 1월에 영화 〈B급 며느리〉가 개봉했다. 비록 호빈이 기대하던 만큼 흥행하지는 못했지만 워낙에 한국 사회에 만연하면서도 쉬쉬해온 이슈라서 그런지 화제도 됐고 여성 관객들의 반응도 뜨거웠다. 개봉 초기에는 상영을 하고 나서 호빈과 같이 관객과의 대화를 했다. 직접 사람들을 대면하고 생생한 후기와 경험을 공유하는 것은 생각보다 즐거웠다. 나를 응원하고 지지하는 관객들을 만날 때면 '그것 봐, 내말이 맞지?'라는 표정으로 호빈을 돌아보며 회심의 미소를 지었다. 며느리가 너무 못됐다고 하는 관객을 만나도 그 나름대로 즐거웠다.

앞서 언급한 대로 나는 타고난 싸움꾼이니 설득할 대상을 만나는 것은 나에게 언제나 가슴 뛰는 일이었다. 다양한 지역과 다양한 연령대의 관객을 만나면서 지역마다, 연령대마다 반응이 다르다는 것도 흥미로운 점이었다. 그리고 어디서 누구를 만나도 매번 같은 질문을 받는 것도 재미있는 점이었다.

물론 각각 다른 속뜻이 담겨 있기는 했다. 영화 속의 나를 보고 짜증이 난 사람들은 아무래도 남성 어르신분들이나 아들이 장성하여 이제 곧 며느리 볼 날이 얼마 남지 않은 어머님들인 경우가 많았다. 이런 분들은 "네 며느리도 너 같으면 넌 좋겠냐?" 하며 언짢아하셨다. 이런 질문에서는 '이다음에 너도 한번 당해봐라'라는 속뜻이 전해진다. 반면에 나를 보고 대리만족을 느낀 사람들도 있다. 한때 고단한 시집살이를 겪어보신 분들, 곧 결혼할 딸을 두신 어머님들, 앞으로 닥칠 시집살이를 우려하는 젊은 여성들이 그렇다. 그분들의 질문에서는 '이런 사람이 시어머니가 되면 과연 무엇이 다를까?' 하는 궁금증이 묻어난다.

솔직히 '엄마가 제일 좋다'는 아직 어린 내 아들을 보며, 언젠가는 이 아이가 턱에 수염이 부숭부숭 난 얼굴로 낯선 여인의 손을 잡고 와 "결혼할 사람이에요" 하며 소개해주는 모습은 상상하기 어렵다. 호빈은 해준이에게 "너는 그냥 결혼하지 마라"라고 한다. 그럼에도 매번 같은 질문을 하는 관객을 위해 나는 지금껏 생각해보지 않은 내 미래의 며느리에 대해 생각해 보게 됐다.

나는 그 아이를 며느리라고 부르고 싶지 않다. 며느리는 여성이 가진 수많은 역할 중 하나일 뿐이다. 그녀는 누군가에게는 소중한 딸이고, 살가운 친구이며, 나에게는 나의 아들이 사랑하는 여자일 뿐이다. 나는 그녀를 그녀의 부모님이 지어준 이름으로 부를 것이다. 누구도 역할에 그 존재가 매몰되어서는 안 된다. 우리 아이들이 사는 세상에서는 여성들이 '며느리'라는 역할 뒤에 자신을 억누르고 살지 않기를 바란다. 나는 며느리와 시어머니가 서로에게 무엇을 해줄 수 있는 사람들이라고 생각하지 않는다. 며느리와 시어머니는 서로를 향한 무거운 책무의 속박에서 벗어나야 한다. 낯선 사이인 그들은 서로를 알아가고 천천히 정을 쌓으면 족하다. 원하는 만큼 가까워질 수 없을지도 모르지만 그래도 괜찮다. 나를 행복하게 해줄 사람은 무엇보다 나 자신이고 그다음은 호빈과 해준일 것이다. 아직 나에게 마음이 닿지 않은 그녀를 통해 내 삶의 불안을 채우고 싶지 않다. 그녀가 나의 아들을 사랑하고 나의 아들이 그녀를 사랑하면서 행복한 삶을 살았으면 한다. 그것이 서로를 택한 이유일 테니 말이다.

아들을 가진 엄마로서, 한때 시댁의 속박에서 해방된 며느리의 권리를 주장한 'B급 며느리'로서 나 같은 며느리를 만나는 것보다 더 큰 악몽은 해준이가 아내를 불행하게 하는 남편이 되거나 내 인생이 해준이의 동정을 받는 것이다. "우리 엄마 불쌍하게 살았어. 이해 좀 해줘" 하면서 말이다. 아들의 아내가 "아니, 어머니! 그 잘난 B급 며느리 아들은 왜 이 모양인가요?"라고 따지는 것이 더 두렵다. 그 때문에 나와 호빈의 삶이 해준이에게 좋은 거울이 되었으면 한다. 사랑하고 충만한 삶을 물려주고 나는 열심히 행복하게 살아 해준이도 부러워할 만한 삶을 살고 싶다.

많은 사람이 '너의 며느리가 어떠하면 좋겠느냐?'고 물어봤지만 내가 그걸 어떻게 알겠는가? 해준이가 어떤 여자를 사랑할지 지금으로서는 알 길이 없다. 지금 어느 집에서 애지중지 사랑받으면서 자라고 있을 그녀에 대해 내가 무슨 말을 할 수 있을까? 이다음에 며느리가 나에게 화를 내고 말대꾸를 한다 해도 그것이 오로지 그녀만의 문제이고 내가 그것을 참느냐

"며느리이기 전에, 저는 김진영입니다."

혼내주느냐의 문제일까?

나에게 질문을 던진 많은 사람 중에 아무도 나에게 '해준이가 어떤 아들로 자랐으면 좋겠느냐?'를 묻지 않았다는 사실이 씁쓸하다. 아직도 가정의 평화가 여자들의 품행과 덕성에 달려 있다고만 생각하는 우리 사회가, 아직은 가야 할 길이 멀다는 생각이 든다. 그리고 사람 앞날은 모르는지라 혹시나 미래의 내가 '꼰대'가 되어 있다면, 나의 며느리인 그녀가 이 페이지를 내 앞에 펼쳐 들고 사정없이 나를 채찍질하길 바란다.

안 싸우고 사는 사람이 어디 있다고

살다 보니 이런 날도 온다. 호빈이 유럽 출장을 가게 된 것이다. 일정한 직장 없이 아르바이트와 영화작업을 병행하며 바쁘게 지내던 그가 유럽 출장을 가다니! 남편의 와이셔츠와 속옷을 챙겨 차곡차곡 여행 가방에 담는 아내의 모습은 드라마에서나 보는 광경일 줄 알았는데 나도 그렇게 호빈 옆에서 가방 싸는 걸 돕게 됐다. 호빈의 영화 〈B급 며느리〉가 벨기에에서 열리는 영화제에 초청을 받은 것이다. 안타깝게도 주연배우인 나는 초청을 받지 못했다. 나는 언젠가 키울 예정인 염소의 목에 달아줄 방울이나 하나 사다 달라고 하며 호빈을 공항에

바래다줬다. 그렇게 호빈은 낙농의 나라, 초콜릿의 나라 그리고 (내 생각에는) 개인주의가 꽃핀 벨기에로 날아갔다.

사실 나는 좀 걱정이 되었다. 유럽이 어떤 곳인가? 오랜 세월 동안 개인주의 문화가 정착된 선진국이 아닌가? 벨기에에 대해서는 잘 모르지만 왠지 친숙한 영국이나 프랑스보다 더 앞서 나갈 것 같다. 벨기에에서는 카페오레를 한 잔씩 시켜놓고 두 시간 정도 토론하면 모든 갈등 문제가 해결될 것 같은 느낌이다. 그런 나라 시민에게 한국의 고부갈등이나 나의 반항적인 행동은 어린애 싸움 같아 보이지 않을까? 왜 이런 영화를 상영하겠다고 하는 거지?

상영을 마치고 호빈이 전화로 그곳 상황을 알렸다. "야! 장난 아니야! 벨기에 사람들이 너를 엄청 좋아해!" "에엥?!" 예상치 못한 반응에 어안이 벙벙했다. "대체 뭐가 그렇게 좋대요?" 내가 물었다. "네가 프랑스 여자보다 더 프랑스 여자 같대." 우리는 한참을 키득거리며 웃었다. "야, 사람 사는 게 다 똑같더라. 어른들이랑 어려운 건 여기도 마찬가지래. 관객들이 자기 얘기 같다면서 다 울더라고." 이럴 수가…. 이건 전혀 예상 밖의 일이었다. 벨기에인들조차도 나를 통해 대리 만족을 느낀 것이다.

　고부갈등의 와중에 시부모님은 고부갈등이 있다는 사실을 숨기려고 애를 쓰셨다. 시댁을 도통 방문하지 않는 며느리 소식을 궁금해하는 이웃들에게 "아들네 이민 갔다"며 둘러대거나, 명절에는 "걔네 오다가 사고 났다"고까지 하셨다고 한다. 버릇이 없는 며느리를 들였다는 부끄러움도 있으셨겠지만 가족 내에 분란이 있다는 사실 자체를 민망해하시는 듯했다. 시사회장에 와서 영화를 보고 난 우리 엄마도 마찬가지였다. 울어서 퉁퉁 부은 눈을 하고서 엄마는 나에게 "정말 남부끄럽다"고 언짢아 하셨다. 아빠만이 유일하게 다른 반응을 보이셨다. 아빠는 내가 잘했는지 못했는지보다는, 자기 할 말은 조리 있게 하고 사는 모습이 마음에 드셨던 것 같다. 시어머니는 영화 개봉 후에 나에게 "남편이 돈 벌자고 시켜서 다들 연기한 거다"라고 말하라며 신신당부하셨다. 물론 난 거절했지만, 시어머니는 주변의 지인들에게 "아들이 대본을 줬다. 연기하느라 힘들어 혼났다"고 말씀하며 다니셨다. 영화를 본 관객들은 이런 가족 내부의 '은밀한' 문제를 대중에게 공개한 것이 대단하다고 했다.

솔직히 나는 이런 반응들을 이해하기 힘들었다. 한국의 가정 가운데 고부갈등에서 자유로운 집이 얼마나 될까? 내가 아는 대부분의 사람들은 '시집살이로 고생한 우리 엄마'에 대해서 이야기한다. 시댁 문제로 다투는 부모님을 보지 않고 자란 사람도 좀처럼 없다. 우리 엄마도, 호빈의 어머니도 그랬다. 굳이 막장 드라마에서나 볼 수 있는 사악한 시어머니를 끌고 오지 않아도, 전통적인 '시집살이'는 그 자체로 며느리에게 고충이라는 사실에 모두가 동의한다.

누군가가 참고 입 다물고 살았다고 하여 문제가 없는 것은 아니다. 과거의 고통으로 회한에 찬 어머니들이 있다. 어머니의 인생을 안쓰럽게 바라보는 자식들이 있고, 늘그막에 아내에게 책잡힌 듯 원망당하며 사는 아버지들이 있다. **고부갈등은 어디에나 있고 누구나 겪는 일이란 말이다.**

서양의 속설에 '도플갱어(자신과 꼭 같은 존재 혹은 분신, 또 하나의 자신을 말한다)를 만나면 죽는다'는 말이 있다. 일차적으로 받아들이면 괴이하고 오싹한 이야기인 것 같지만, 마법적 속성의 이면을 헤아려보면 그만큼 나와 같은 존재는 없다는 의미일 것이다. 세상의 수많은 사람이 나와 비슷할 수도 있고, 닮을 수도 있고, 마음이 잘 맞을 수도 있겠지만 전적으로 나와 똑같은 존재는 없다. 세상 모든 사람이 다른 존재이고 모두가 각기 관계를 맺으면서 살아간다. 결국 관계를 맺는다는 것은 서로의 다름을 극복하는 과정이다. 그래서 나는 개인 간의 충돌이란 '관계의 상수'라고 생각한다.

한국 사회는 갈등 상황을 불편해하며 회피하려는 경향이 강하다. 다 큰 성인들은 알아서 잘들 사는 것 같지만 모두가 관계 문제로 고민하며 살아간다. 영화를 본 한 관객은 나에게 직장에 너무 싫은 상사가 있는데 어떻게 하면 좋겠냐고 질문했다. 나 같은 사람에게 조언을 구하다니, 딱한 일이었다. 나야 당연히 '싫어요'라고 말하라는 조언을 했다. 그 관객은 그럼 그 상사와 너무 불편해질 텐데 어쩌면 좋겠냐고 다시 물었다. 문제를 드러내는 불편을 감수하지 못하면 그냥 상사에 대한 불만을 참는 수밖에 없다. 간단한 문제 같지만 쉬운 일은 아니다. 그래서 대부분 명확하게 불편을 드러내기보다는 좋게 좋게 넘어가고, 애를 쓰면서 참거나 상대방이 알아서 이해해주길 기대하면서 애매한 불만을 던지기도 한다. 우리는 지금껏 그렇게 살아왔다.

가족관계는 더 그렇다. 한국 사회의 가족은 숙명적 상호부양과 친밀함이 강요되는 집단이다. 혹시나 가족이 분열할지도 모르니 문제가 있어도 표면화하는 것은 금기시된다. 그래서 가족이 모이는 자리는 몰래 묻어놓은 뼈다귀가 파헤쳐질까 봐 두려워하는 것처럼 불편하고 숨이 막힌다. 교과서에는 명절이 한국 사회의 미풍양속이라고 나오지만 명절마다 언론은 앞다투어 명절 스트레스와 명절 증후군을 다룬다. 이런 사회 분위기가 있다 보니 고부갈등을 겪는 이들은 그 사실이 집 밖으로 새어 나갈까 봐 노심초사한다. TV 드라마에서는 악랄한 시어머니와 독살 맞은 며느리가 대치한다. 서로의 얼굴에 주스를 끼얹기도 하고 김치를 내던지기도 한다. 흔히 인식되는 고부갈등의 이미지는 부덕한 여성들의 충돌로 그려진다. 고부갈등이 있다고 하면 혀를 차며 누가 '악당'인지를 가려내려고 한다. 어느새 여성 스스로도 편견에 갇혀 자신의 부덕을 검열하게 된다.

그러나 실상을 겪어보니 어머니도 나도 못된 사람이라서 싸운 것이 아니었다. 우리는 '다른' 사람들일 뿐이었고 강요된 상하관계와 쉬쉬하는 분위기 아래서 좀 격하게 부딪힌 것뿐이다. 만약에 호빈과 해준을 놓고 우리가 질투하고 경쟁했다고 해도 그것이 뭐가 그리 나쁜 일인가? 질투도 경쟁심도 미움도 모두 인간의 자연스러운 감정이다. 나는 여성의 감정을 폄하할 때 거론되는 여성 특유의 '저열함과 치졸함'이 고부갈등의 주요 원인이라고 생각하지 않는다. 부디 여성들이 이런 편견과 자격지심으로부터 해방됐으면 한다.

가부장제 사회에서는 개인을 보지 않는다. 구성원들은 주어진 역할로써 존재하고 그것을 제대로 수행하느냐 수행하지 못하느냐의 여부로 가치를 평가받는다. 그것이 가부장제도의 본질은 아니었더라도 적어도 지금의 한국 가족제도는 그렇게 구성원 개개인을 억압한다. 그런 구조 아래에서는 남자, 여자와 가부장까지 모두 다 고통받았다고 생각한다. 지금 한국의 가족제도는 급격하게 변화하고 있다. 내가 7년 전에 '도련님' 호칭 문제를 처음 제기했을 때 아무도 내 주장이 그럴듯하다고 호응해주지 않았다. 그러나 지금은 국립국어원이 공식적으로 호칭을 바꾸는 작업을 추진할 정도로 공론화된 문제가 됐다. 나는 여성들이 불만을 이야기하고 불편을 드러내는 과정이 있었기에 오늘의 변화가 있다고 생각한다. 남성들이 고개 돌리고 그런 문제가 없는 척하면서 살아온 문제들을, 여성들의 목소리로 바꾸고 있는 것이다.

여성들이 더 떳떳해졌으면 한다. 나와 시어머니가 과거에 싸웠다는 사실보다는 그걸 뒤로하고 오늘은 웃으면서 한자리에 있을 수 있다는 사실이 더 의미 있는 것으로 인정받길 원한다.

영화 속에서 우리가 싸우는 가운데 "엄마, 아빠, 싸우지 마~"라고 말하던 해준이가 세 살에서 다섯 살이 되던 무렵이었다. 영화 속의 해준이를 보며 아이 앞에서 싸우는 우리 부부를 욕하는 사람도 있었다. 그들은 해준이가 불쌍하다고 했다. 물론 부부가 싸우지 않고 살면 좋겠지만 나는 진짜 삶을 공유하는 부부에게 그것이 가능한 일인가 싶다. 나는 아이가 나이를 한 살이라도 더 먹기 전에 열심히 싸우라고 말한다. 열심히 싸워서 서로 타협의 선을 만들고, 넘지 않아야 할 마지노선을 긋고, 부부가 대화로 문제를 해결할 수 있는 훈련을 하라고 권하고 싶다. 그래서 나중에 말귀를 다 알아듣는 아이 앞에서 서로 할퀴고 상처 주는 말을 하지 않으며 살아야 한다. 한때 좀 열심히 다퉈본 우리 부부는 이제 해준이가 인정하는 '논쟁'을 벌이는 경지에 와 있다.

과거에 호빈과 치열하게 싸우던 나는 답답한 마음에 차라리 이민을 가자고 했다. 어딘가에는 내가 이토록 비난받지 않고 행복하게 살 만한 땅이 있을 것 같았기 때문이다. 다른 시어머니였다면 내가 이렇게 지내지는 않았을 것이라고 항변했고, 심지어 전원주 씨라도 나와 이보다는 더 잘 지낼 수 있을 것이라고 했다. 호빈 역시 다른 여자였다면 너처럼 문제를 일으키지는 않았을 것이라고 받아쳤다. 그런데 실상은 그렇지 않았다. '선진국' 벨기에 사회에서조차도 이렇게 여자들의 삶이 힘겹다는 사실을 알고 나니 프랑스에 대한 환상도 버리는 것이 낫겠다 싶었다.

그리고 한국의 관객들도 생각이 났다. 상영이 끝난 후 질문을 하겠다고 마이크를 넘겨받고서도 눈물을 삼키느라 차마 말을 꺼내지 못하는 나이 지긋한 여성 관객들이 떠올랐다. 말이 없는 그녀들이 오랜 세월 동안 어떤 고통을 가슴에 묻고 살아왔을지 감히 짐작도 할 수 없지만, 그 고통만큼은 절절하게 느껴져서 나도 같이 눈물을 흘렸다.

누구도 그렇게 살아서는 안 된다. 점점 더 확신이 든다. 나를 위한 완벽한 사람도, 완벽한 세상도 없다. 중요한 것은 나의 오늘을 바꾸기 위해서 내가 최선을 다하고 있느냐다. '그렇게 한다면 완벽하지는 않아도 후회 없이 살 수 있다'라는 것이, 상투적이지만 전하려는 메시지다. 영화 〈B급 며느리〉를 보면서 나를 응원해준 많은 여성들이 이 메세지를 잊지 않고 살아갔으면 한다.

처음 시부모님에게 '책을 쓰게 됐다'는 이야기를 꺼내자 시어
머니의 얼굴빛이 어두워졌다.

"야! 무슨 책을 또 써? 아직도 할 말이 남았니?"

요즘도 시어머니는 집 밖을 나설 때마다 누가 알아볼까 봐
노심초사하신다고 했다.

"아이, 뭐 그냥 제 얘기 쓰는 거예요. 걱정하지 마세요."

"진짜지? 내 얘기 이제 그만해. 알았지?"

변명을 하자면 처음에는 정말 내 얘기만 쓰려고 했었다. 그녀의 이야기가 아니더라도 나는 항상 할 말이 많은 사람이니까. 사실 글을 쓰면서, 이미 묻어둔 이야기들을 다시 파헤치는 것이 내심 불편했다. 한때 우리가 서로에게 상처를 주던 시간들을 내 나름대로 곱게 파묻어두었는데 그걸 다시 꺼내 흐트릴 필요가 있을까. 나는 최대한 불편한 이야기는 피하고 그럭저럭 좋은 이야기들만 나열해보려고 했다. 그렇게 글을 써서 지인들에게 좀 읽어봐 달라고 조심스레 내밀었다. 사람들은 고개를 갸우뚱했다. "이게 B급 며느리가 하는 이야기야?" 얄팍한 포장은 쉽게 들통났다. 몇 날 며칠을 고민하다가 나는 어쩔 수 없이 과거를 직시해야 한다는 걸 깨달았다.

시어머니와 나, 우리는 왜 그토록 싸웠던 걸까?
과거를 깊이깊이 파헤쳐 내려가기 시작했다.

무엇보다 쓰면서 느낀 어려움은 '나의 기억'을 토대로 '나의 입장'에서 과거사를 풀어내야 한다는 것이었다. 공명정대함을 사랑하는 나 같은 사람에게는 너무 불공평한 일이었다. 시어머니의 반론권이 보장되지 않기 때문이다. 나는 안절부절못하며 호빈에게 '팩트 체크'를 부탁했다. 그런데 막상 시작하니 '팩트 체크'는 뒷전이었다. 호빈과 나는 원고를 가운데 두고 다시 '논쟁'(우리는 논쟁을 할 뿐 더 이상 싸우지 않는다)을 시작했다. 맙소사! 타협에 이른 것 같았던 많은 것들이 여전히 미해결 상태로 남아 있었다. 다시 시작된 '치열'하고 '치사'한 논쟁의 과정에서 나는 합리적이고 유려한 언변 뒤에 숨은 나의 '독선'을 들여다볼 수 있었다.

막연하게 언짢고 불편한 시댁과의 관계를 좀 더 사회적이고 구조적인 맥락에서 파악할 수 있었다. 우유부단한 호빈의 속내를 알기 위해 몇 차례에 걸친 '남편' 인터뷰를 하면서 답답하게만 여겨온 호빈의 입장을 헤아려볼 수도 있었다. 무엇보다 깊은 깨달음은, 시어머니와 내가 중간 지점에서 화해한 것이 아니듯이 호빈과 나도 마찬가지라는 것이었다. 우리는 모두 자기가 서 있던 자리에 그대로 머물러 있었다.

세상에 창작물이 공개되면 그것은 그 순간부터 작가의 손을 떠나 대중의 몫이 된다. 독자들은 각자의 가치관과 경험에 비추어 창작물을 소화할 것이다. 그럼에도 불구하고 독자들께 감히 한 가지 부탁할 것이 있다. 이 책을 읽고 누가 '악당'인지를 굳이 평가하지 않았으면 한다. 텍스트로 읽어 내려가다 보면 기이한 기행처럼 보이는 나와 우리 가족의 말과 행동은 우리 모두에게 속속들이 배어 있는 한국 사회의 한 단면이기 때문이다. 고루한 사고방식의 시부모님, 눈치 없고 답답한 남편, 불만이 많고 말대꾸하는 며느리는 세상 어디에나 있고 누구나 경험하는 우리의 '가족사'다.

우리는 모두 각기 나름의 방식으로 '모'난 사람들이다. 관계를 맺는 것은 서로의 '모'난 것을 보듬어주는 과정이다. 우리 가족은 열병을 앓듯이 짧고 강렬하게 그 시간을 보낸 것뿐이다. 부디 우리를 따뜻한 마음으로 포용해주기를 바란다. 그리고 나와 우리 가족의 이야기를 통해 결혼생활이 고단한 사람들, 고부갈등에 지친 사람들, 체념하고 사는 것이 익숙한 사람들이 자신의 삶을 되짚어보고 용기를 낼 수 있는 기회로 삼았으면 한다. 결혼하고 나니 '꼰대'가 되어버린 남편과 부부싸움을 할 때는 이 책에 제시된 논리를 매서운 채찍으로 남편을 후려치는 데 활용하는 것도 좋겠다.

나의 집필 막바지 무렵 한 달 동안, 호빈은 나를 위해 주말마다 해준이를 데리고 시댁에 갔다. 집안일에서 거의 손을 놓은 나는 시어머니에게 반찬과 김치를 부탁드렸다. 시어머니는 호빈 편에 반찬과 김치를 보내주셨다. 그리고 '진영이 고생하니 맛있는 것 좀 사주라'며 현금도 같이 보내셨다. 나는 그 말을 듣고 죄책감이 들어 얼굴이 빨개졌다. 어머니는 내 책에 본인 이야기가 들어간다는 사실을 아직도 모르시는 모양이었다.

"오빠, 나는 그 돈 쓸 자격이 없어요! 오빠나 많이 사 먹어!"

본인의 이야기는 쓰지 말라고 신신당부하셨는데 이런 책을 쓴 걸 아시면 어떤 반응을 보이실지 걱정이다. 그래도 나의 진심이 통했으면 한다. 우리가 과거에 서로에게 상처를 주고 미워한 것은 엄연한 사실이다. 그럼에도 불구하고 지금의 나는 '모'난 나를 보듬어준 그녀에게 경의와 애정을 표한다. 이 책에는 그런 나의 마음이 고스란히 담겨 있다. 아직도 미움과 원망으로 마음을 닫고 사는 이 세상의 모든 시어머니와 며느리들이 이 책을 통해 그런 속내를 읽어 주었으면 한다. 마음에 담은 미움은 결국 자신을 병들게 하므로!